译文纪实

死体格差
解剖台の上の「声なき声」より

西尾元

[日]西尾元 著　　马佳瑶 译

不平等的尸体

解 剖 台 上 的 "无 声 之 言"

上海译文出版社

死是背向我们的，
无光的生的侧面。

Der Tod ist die uns abgekehrte,
von uns unbeschienene Seite des Lebens

（赖内·马利亚·里尔克 Rainer Maria Rilke）

序章　一具女性遗体之谜

大家听到"法医学"这个词会想到什么？

可能有人会有这样的印象：像人气电视连续剧中演的一样，负责解剖案件中的受害者，和刑警一起推理案件的真相。

但是，我们寻求的不是案件的真相，说到底其实是"死亡的真相"，也就是回答"人为什么会死"这个问题。在本书中也会逐步说明，这些死者并不一定是因卷入某起案件而被杀害的受害者。

差不多3年前，一名住在关西的40岁左右的女性在自己家中倒地身亡，被发现后送往我们法医学教室。

遗体发现现场是市营住宅区某公寓2楼的一个房间，死者是无业人士，和母亲同居，无既往病史。据说事发当天早晨死者和平日并无两样，但是当其母亲从外面回到家的时候，她已经死亡，全身冰凉。门窗都锁着，没有第三者侵入的痕迹。

根据警察初步调查，房间里并无被破坏或与他人争斗的痕迹。虽然警察判断无他杀嫌疑，但是由于死者死因不明，所以委托我们进行解剖。

遗体送来了。她看上去比实际年龄老很多，给人的感觉远不止40多岁。长时间未打理的长发中夹杂着白发，与其说"瘦弱"，不如用"憔悴"来形容更加贴切。

　　进入解剖室，我们按照惯例先观察遗体的表面。

　　这位女性的头部左侧、左肩外侧以及左腰周围均有红黑色的撞伤痕迹。特别是左腰部位的伤痕面积很大，这样的程度不像是在房间摔倒能造成的。

　　"在家里有可能把腰部撞出那么严重的伤吗？"

　　我一边在脑海中整理着各种疑问，一边开始解剖。

　　用手术刀打开她的腹部时，我和同事对视了一下。腹部下方的骨盆腔内有大量出血。接着打开她的胸腔，我们惊讶地发现她的左右肺都呈白色。

　　大家应该都在教科书中看到过，肺、心脏、肝脏等内脏器官都呈红色，也就是流动的血液的颜色。如果呈白色的话，也就是说本应在这些部位流动的血液消失了。

　　据现场取证的警察称，在死者家中未发现出血痕迹，但是她的体内确实大量出血过，骨盆腔中蔓延的血液就是证据。

　　仔细检查骨盆腔后发现，构成骨盆的骨头有骨折的痕迹，从这个部位开始出血，然后蔓延到周围的肌肉组织。

　　笼统地说，死者的死因为"骨盆骨折引起的出血性休克"。

　　虽然知道了死因，但是这名女性为何会出现能引起休克性死亡的大量出血？原因尚不明了。

　　我就先说最终结论了：死者死前遭遇过交通事故。

右膝外侧有一处不起眼的撞伤，发现了这处撞伤，所有疑团就都解开了。

死者头部、肩部和腰部有清晰的撞伤痕迹，但伤痕都在身体左侧，对此我当初并没有得出有决定性意义的结论。但右膝外侧仅有的这处撞伤却是十分重要的线索。

这位女性应该是在步行时被右侧开来的汽车撞倒，右膝的撞伤是被汽车的保险杠撞击所致。然后她整个人被撞飞，向左方跌倒时，腰部左侧重重撞击了路面，导致了骨盆骨折。"左腰撞伤造成骨盆骨折，引起出血性休克"，这就是她的最终死因。

但是，还有一个谜题没有解开。为什么遭遇交通事故后，死者会在位于市营公寓2楼的家中死亡？

收到解剖结果，警察立即对这起交通事故展开了调查，发现并不是逃逸事故，肇事司机按流程报了警，事故发生以后也提议带这名女性去医院检查，却遭到了她的拒绝。她拜托肇事司机把自己送回家，于是司机就把她送回了市营公寓。

据说肇事男司机从停车场把她背到房间，由于骨盆骨折的疼痛，她当时应该已经很难独立行走了。既然如此，她为什么拒绝去医院？

这名女性当天趁母亲外出时，出门去附近便利店买酒，在回家路上，遭遇了交通事故。

原来死者生前非常贪杯，所以被其母亲严格禁止私自饮酒。她很怕母亲知道自己出门买酒这件事，所以才拒绝去医院。

骨盆骨折的话，出血会渐渐扩散，被送回家的时候，她的意识应该还是清醒的，但是随着不断出血，慢慢失去意识，最终丧命。

后来听说这名女性在遭遇事故的几年前，因为酒精依赖症离了婚。她的人生就这样两次毁于酒精。

法医学在社会上受到关注，往往是在一些"令人不愉快的情景"中。被害或自杀，以及孤独死等，面对这些"不平常"状况下的死亡，是我们法医解剖医师的工作。

我们不像临床医师一样救死扶伤，也不会受到患者及其家属的感谢。我们自知，在医学界，自己所处的可以说是见不得光的领域。

但是，正因为在见不得光的阴暗面，有些东西才会看得更清楚。

笔者从事解剖工作20年，无一日不谨慎以待。通过一具具遗体，直面在这个国家生活的人们无言的痛楚和悲哀。笔者将在本书中，将这些尸体所呈现的不平等的"社会等级差距"转告给各位读者。

本书以笔者亲身经历为基础，绝无虚言。但是，法医受警察委托进行解剖，解剖内容基本不能公开，加之暴露解剖对象的身份也可能给其家属带来伤害，因此关于解剖对象的年龄和解剖内容等，笔者的记述在一定程度上会与事实有一些出入。同时，本书所提及的内容完全参考笔者所在法医学教室的解剖案例以及数据，与其他都道府县的解剖情况会有所不同。关于此点望读者理解。

目　录

第1章　贫困的尸体

难耐严寒之后

某年2月，由于前一天下了雪，这一天格外寒冷彻骨。和往常一样，警察一大早就将一具遗体送到我们法医学教室。

死者初步断定为50多岁男性，遗体在死者公寓的厕所前被发现，脸朝下倒地死亡。

警察的初步检查未能查明死因，所以来拜托我们进行解剖。

我在准备室换好衣服打开解剖室的门，警方负责人和法医学教室的技术人员已经在着手准备。解剖室没有窗户，四周墙壁贴满白色瓷砖。房间正中央是泛着微光的不锈钢制解剖台。男性尸体已经横放在台上。

眼前是一具心跳已经停止的躯体——对于我来说，却是这20年以来几乎每天都要面对的"日常景象"。

进入解剖室后，我习惯先从远处整体观察解剖台上的遗体。因为一旦开始解剖，很容易过于关注眼前的局部部位，而忽视对遗体的整体印象，就会有遗漏或者误判的危险。从远处观察可以从感觉上有个整体把握。比如，遗体有哪些部位受伤，脸部淤血情况等。

远观全身以后，我开始仔细观察遗体表面各处（即体表），正式开始工作。在法医学解剖过程中，有无明显的外伤或变色，若有则外伤变色的部位、大小以及数量如何，这些从体表得到的信息不少会成为确定死因的重要线索。如果有刀具刺伤的伤口，确认伤口的大小、深度与凶器是否吻合，有时也会成为逮捕嫌犯的决定性证据。

进入解剖室时，我马上注意到这具男尸体表上留下的"印记"。肘部、膝部等大关节处可以看到多处微红色斑状变色。

在确认变色情况和位置的同时，我脑海里马上浮现出"冻死"两个字。但是，现阶段还不能"确诊"。

确认完体表后，开始解剖遗体。先小心切开皮下组织（皮肤真皮以下的结缔组织，主要由脂肪细胞组成，内含血管、神经），然后是脑、肺、心脏、胃、肝脏、肠等，按照一定顺序解剖各种内脏器官。

通过解剖能确认到的异常情况是，这名男性心脏流出的血液颜色有些异样。取出心脏，比较心脏左侧和右侧流出的血液，颜色明显不同。左侧的明显比右侧的鲜红。

这个检查结果体现了冻死者的遗体共有的显著特点。

按专业解释来讲，红细胞里含有一种叫做血红蛋白的物质，血红蛋白和氧气结合会生色，所以血液才是红色的。结合的氧气越多就红得越鲜艳，氧气少的话，就会变成黑红色。

呼吸进入肺部的氧气和血液中的血红蛋白结合后，血液进入心脏左侧（左心房），作为动脉血再从左心室流向全身。然后，在氧气被消耗后，全身血液作为静脉血再次流回心脏，进入心脏右侧（右心房）。因此心脏左侧的血液里所含氧气浓度原本就比右侧高，左侧血液本应更鲜红，但是肉眼很难清楚分辨这种色调差异。

但是，从血红蛋白和氧气结合程度来讲，这种反应具有一种化学性质，温度越低，血红蛋白和氧气结合度就会越高。冻死前，由于肺内吸入低温空气，肺内血红蛋白和氧气结合度就会比一般情况下高。随着体温降低，冻死时的动脉血会更鲜红，此时的色调差异是可以通过肉眼确定的。

解剖后，这位男性的死因确诊为"冻死"。

在城市里冻死

一般提到冻死，首先想到的是在雪山之类的地方动弹不得，冷得像冰一样的景象；或者因为没有食物，被严寒夺走体温，无法动弹，直至死亡……以前，确实有几位身强体壮的登山家陷入这样的困境，最终丧命。

但是，这名男子为什么会在城市里的公寓中冻死呢？

长期身处解剖现场的话就会切实感受到，在都市的日常生活中，冻死绝不是什么稀奇事。

在我们法医学教室，每年送来的约300具尸体中，冻死的尸体有10具左右。其中也有营养状况差而骨瘦如柴的人。

这名男子几年前被公司裁员，妻子离家出走，他没了工作，又过着单身生活，便渐渐开始拖欠房租。由于他拖欠几个月房租，人又联系不上，房东担心出事便报了警，尸体这才被发现。据说死亡时，家中的水电煤都已被停，房间里也几乎没有发现食物和财物。

据警方说，这名男性死者并没有什么身体不适和既往病史。而且包括男子居住地在内，我们负责解剖工作的地区并不是下大雪的寒冷地区。可能有人会想，就算是冬日最寒冷的时期，只要穿上足够的衣物用被子包裹，应该不会冻死。

其实就算在家里，只要条件具备，人也是会冻死的。人体体温一般保持在37℃左右，一旦因为一些原因体温下降到28℃（有时甚至还未下降到如此之低），就会引发心律不齐导致死亡。

周围的温度比体温低的时候，人就会消耗体内能量产生热量（即人体热平衡产热），为了存活自动保持必要的体温。但是，营养是能量的来源，如果摄取不充分的话，人体就不能充分产热，也就不能和体内散发的热量维持平衡，体温就会逐渐下降。实际上，解剖后发现，这名男性胃内和肠内都空得很彻底。考虑其家中未发现财物，他应该是处于不能饱腹的状态有一段时间了。

我见过很多和这名男性一样，因为贫穷而冻死的案例。因为贫穷买不起食物，体力和抵抗力逐渐下降。这样的话，就算套上所有衣物，裹上棉被，也会冻死。

不可思议的是，有些冻死的遗体是在脱掉衣物的状态下被发现的。这名死去的男性也是如此，虽是寒冷冬日，被发现时却只穿着内衣裤。

法医学中把这种情况称作"奇异性脱衣"。人在冻死前，似乎会感到"炎热"。就连在雪山发现的冻死的遇难者，有时也会处于衣物被脱下丢在一边，衣着单薄的状态。电影《八甲田山》中就有这样的一幕。人体脑内有体温调节中枢，该区域在接近冻死的过程中，可能会出现某些异常。

"体温控制"这项生命维持装置出现故障而导致失误操作，这种现象叫做"反常脱衣"。原本是无法忍耐的严寒，但是不知道为什么会觉得热得不得了，因此就会亲手放弃仅有的防寒手段，加快体温下降的速度。

我曾经解剖过一具遗体，是在公寓地板下面被发现的冻死者。据说是为了躲避催债，藏身于地板下面的狭窄空间屏息度日。他也是在寒冷的黑暗中悄无声息地死去的。

在城市里某个公寓的房间里，有的人饥寒交迫，最终冻死，却无人知晓。这就是当代日本社会正在发生的现实。

领取生活保护金的人与死亡

在现代日本，由于身心状态不佳或遭遇裁员等原因，境遇稍有变化，就堕入落魄潦倒之中，这是人人都怀有的恐惧。

事实上很多送到我们法医学教室的死者，都是因为生活中小小的失误而陷入穷困潦倒的境地的。像上文那名冻死的男性一样，身边没有现金、肠胃中空空如也，大概好几天没有洗过澡的遗体并不稀奇。

特别是近几年，笔者个人发现，据被解剖的死者的生前状况记录来看，领取生活保护金的死者数量逐年递增。

2016年4月厚生劳动省发布的对接受生活保护的人的调查结果表明（2016年1月为止的概数），日本生活保护率（包含已停止领取生活保护金的人员）达1.71%。也就是说日本国民100人中有约2人需领取生活保护金。

笔者所在的兵库医科大学法医学教室管辖的区域中，包括兵库县尼崎市。该市的生活保护率是全国平均水平的2倍多。该市的生活贫困人员自立支援机构2015年8月发布的《市长定期记者见面会资料》中提到，人口20万以上的二线城市中，尼崎市的生活保护率仅次于函馆市（4.46%）、东大阪市（4.09%），为4.07%（2015年4月为止）。从数据可知，市民中每100人有约4人接受了生活保护。

2016年1月到8月，我们法医学教室负责解剖的117例尸体中有25例是领取生活保护金的人，占比21.4%（未发表/调查中）。也就是说每解剖5人，就有1人接受了生活保护。而且有的尸体身份不明，无法确认是否领取过生活保护金，所以实际占比应该会更高。

说到底这个调查仅限于我们法医学教室。从全国的生活保护率1.71%来看，解剖的遗体中生活保护金领取者占比竟然高达20%以上，即贫困人口的遗体占比极高，这样的情况可以说很不正常。

老实说，我以前几乎没有注意过被解剖的遗体和生活保护的关联性。每天都有需要解剖的遗体送来，他们的年龄、性别、生前的生活状况等千差万别，运用法医学施行解剖的主要目的是调查他们的死因。至于每名死者生前的经济状况，并没有特别留意过。

不过，仔细想想，我每天在解剖台上所面对的并不是在医院里、在家人的陪护下安然离世的人，而是不能用"病死"一言蔽之的遗体，专业性的称呼为"非正常死亡"。可能听起来有些讽刺，在解剖现场，"非正常的状态"反而是正常的。所以最近我突然觉得，一些死者生前面临的本质性问题其实是由经济方面的原因引起的，对此，自己的感知是不是变得有些迟钝了。

而且，这25例接受生活保护的死者中84%（21例）是独居者。好几个案例中，由于长时间无法与死者取得联系，政府人员或社会福利机构人员前往死者家中拜访，这才发现了尸体。

近来对领取生活保护金的人的批判声越来越高，比如，"明明有工作的能力却不工作，不劳而获，坐享其成"。但就我从解剖台上了解的实际情况来看，事实并非如此。确实有很多人饥饿致死，或是在无法向他人求助的孤独中死去。

与酒精的紧密联系

解剖接受生活保护的死者的遗体，经常会发现酒精依赖的症状。

每天大量饮酒的结果便是引发肝硬化、肝功能不全等病症，最终导致死亡。

小阳春天气的11月，某天，送来了一具男性遗体。从负责的警官那里了解到，他很久以前就有酒精依赖症，几乎所有的生活保护金都用来买酒了。他被社会福利机构人员发现在独居的房子里吐血身亡。

　　打开腹部，里面并没有食物，却有约一升的血液，直接死因是出血性休克。食道上的血管（静脉）破裂出血，现场发现的吐血痕迹应该是当时出血留下的。

　　一般来说，只摄入酒精不会导致血管破裂，死者是由于过量摄入酒精引起了肝硬化。肝硬化是肝病的一种，会加速肝细胞减少、坏死，导致肝组织纤维化。最终肝脏变硬，基本丧失肝功能。

　　死者过度硬化的肝脏内已经无法输送血液，这样一来，无法流动的血液不可避免地在食道黏膜下方的静脉血管中产生倒流。食道血管渐渐被撑到极限，一不小心就会破裂。

　　其实肝脏是比较特殊的器官，为了吸收营养，其构造能使含有消化道中营养成分的血液流入肝脏。一旦由于某些原因，血液无法流入肝脏，无处可去的血液就会绕道食道黏膜等处的血管，从而产生静脉瘤（静脉中会出现坑坑洼洼的瘤）。这就是引起出血死亡的原因。

　　进入解剖室确认遗体体表的时候，我发现他肚脐周围有许多蚯蚓状突起，凹凸不平，这就是一项证据，说明他肚脐周围的皮下静脉已经形成了静脉瘤。

　　通常，肝功能障碍会引起发烧和有倦怠感等身体异常。随着肝硬化加重，全身上下被乏力感笼罩。这名死者生前的身体状况一定相当差了，到了影响日常生活的地步。

身体已经发出了足以引起重视的危险信号，本来这种时候应该前往医院治疗的。

死者接受了生活保护，可享受医疗扶助，门诊费、治疗费和医药费原则上是全免的。但是即便如此，他也懒得去医院治疗，这就是酒精依赖症的可怕之处。

本可避免的死亡

近几年，虽然不领生活保护金，但经济状况堪忧，生活捉襟见肘的贫困户逐年增加。每天为挤出生活费而忧心的人，就算身体有些不适也不会轻易去医院。等到终于去医院检查的时候，病情却已经恶化到了危及生命的地步，这样的悲剧不绝于耳。

在法医学现场待久了，就会遇到这样的死者——如果早点去医院的话本可免于一死。

一名50多岁的男性某日突然没去公司上班。由于他和周围人提过"最近身体状况不佳"的情况，所以同事十分担心，便去他家中探望，结果发现他倒在客厅中，已经没了生命迹象。

警察初步验尸无法断定死因，于是很快转交给我们解剖。

我们着手对这名男性进行解剖，发现大肠有大面积癌变，已经处于晚期了。

大肠主要是吸收水分的器官，就算全部摘除，人也能继续存活。（不过，全部摘除的话，排便就会像水一样。）

这位死者完全没有治疗，彻底放任不管，导致肿瘤在大肠内不断生长，直至堵塞大肠管道内部。大肠被肿瘤完全堵住了，排泄物无法排出，一直堆积在体内。事实上，通过解剖可知，由于小肠与大肠相通，无法进入大肠的内容物将小肠撑得都肿胀了，可以想象死者生前的身体状态相当恶劣。

这名男性的直接死因是"肠梗阻"，本来正常接受治疗的话是不可能发生这种情况的。他要是早点接受大肠癌手术治疗的话，就不会引起肠梗阻，应该能够过上不影响日常生活的日子。

大小肠都肿胀得如此厉害，理应伴随呕吐等强烈症状，死者本人当时也应感觉到自己该去医院看病了。但是，据警方的调查，没有找到这名男性曾去过医院的迹象。

有的人是单纯讨厌医院，所以拒绝检查。但是确实也有一些人由于经济条件不允许，只能忍受病痛直至死亡。

放任不管会导致死亡的疾病

长年工作在法医学现场，提到与贫困相关的疾病，我能想到的另一种病是"糖尿病"。

据世界卫生组织（WHO）报道，1980年世界糖尿病患者数为1亿800万人，2014年已达到4亿2 200万人，差不多是1980年的3.9倍。同时，有数据表明糖尿病患者中四分之三集中在中低收入国家（国际糖尿病联盟《糖尿病分布地图册》第7册）。贫困和糖尿病的关联性最近几年也成为热议的话题。

以前饮食过于丰盛的人容易得糖尿病，所以糖尿病被称为"富贵病"。如今随着速食面、零食等垃圾食品的普及，日本开始把糖尿病视为"低收入人群疾病"。

所谓糖尿病，是指无法正常分泌胰岛素这一激素，最终引起血糖升高的状态。胰岛素能使血液中的糖分进入细胞，并有使血糖降低的作用。糖尿病一旦发病就必须长期接受治疗，有时需要定期注射胰岛素来促进葡萄糖吸收，并且需要持续控制卡路里。

关于胰岛素治疗法，根据治疗方案和所开的处方药，医疗费会有差别，一般每月自己承担的费用在1万日元以上（如果是接受生活保护的人可享受医疗扶助）。但是这个费用是建立在按时缴纳健康保险的基础上的，不少人连缴纳保险费的经济能力都没有，那对他们而言治疗费用就不可小觑了。

糖尿病治疗的难处在于，患病早期患者感觉不到有什么异样，就算接受了检查也放任不管的人不在少数。

到头来，长期血糖过高影响血管和神经，引起"糖尿病性神经障碍""糖尿病性视网膜病变""糖尿病肾病"等并发症，还会导致动脉硬化引发的心肌梗死。患者很有可能要在担心自己会猝死的阴影下生活。

我曾解剖过一具50岁左右的无业男性的尸体，他虽然不是糖尿病患者，但是过去10年每天都吃方便面。解剖过程中，能很明显看出他的饮食偏嗜。

他的死因是肝功能不全。解剖后发现他的肝脏整个都是乳黄色的，完完全全是脂肪肝。应该就是脂肪肝引起了肝功能不全。

后来得知该男子无稳定工作，靠打散工勉强维持温饱。要用微薄的伙食费填饱肚子，那就只能选择方便面了。但光靠方便面很明显营养是不均衡的。

在解剖现场可以深刻感受到，饮食生活和收入的必然联系。糖尿病、脂肪肝……一个人的饮食生活会在他的体内留下鲜明的痕迹。

流浪汉之死

法医学教室会接收到居无定所者的遗体，也就是去世的流浪汉。我们负责解剖的地区，有一条相对宽阔的河流，送来的流浪汉一般都是生前在河边生活过的人。

从法医学角度来讲，他们的死因各种各样，我没有研究过流浪汉是否容易患上某些代表性疾病。

但是，就现有经验来讲，他们都是独居者，至少死去的时候，在他们用蓝色塑料布搭建的临时帐篷里，并没有和他们一起生活的人。

正因为一个人过日子，所以他们去世后不会马上被发现，一般都是死后数周或数月才会被发现。有些遗体因为长时间暴露在户外而干尸化，还有些更凄惨，被野狗啃食。有时还会被蚂蚁、蟑螂等虫子侵食，夏天则有蛆虫，遗体因而受到损害。特别是夏季，在野外放置一个月的遗体会被苍蝇产下的蛆虫侵食殆尽，几乎变成白骨的状态。

干尸化或白骨化的遗体由于失去了内脏，很难通过解剖查明死因。尽管如此，通过残留的骨头、牙齿、指甲等大多可以判定性别、身高和有无骨折等情况。

以下解释有点专业，我想就法医学教室进行的解剖（即法医解剖）的种类进行说明，大致分为四类：

1）司法解剖　对案件相关尸体或有他杀嫌疑的尸体以调查案件为目的进行的解剖。依据是《刑事诉讼法》。解剖具有强制性，无须获得遗属的许可。

2）调查法解剖　对身份不明或无法断定是否和犯罪有关的尸体进行的解剖，目的是确保不会漏查案件。依据是《死因和身份调查法》。基本无须获得遗属许可。

3）监察医①解剖　在监察医制度实行区域（东京23区、大阪市、神户市等日本特定地区），为了查明与案件无关的尸体的死因进行的解剖。由监察医负责（由于不是在大学的法医学教室进行的，所以本书不会涉及）。依据是《尸体解剖保存法》。基本无须获得遗属许可。

4）许可解剖　在监察医制度实行区域以外，为了查明与案件无关的尸体的死因进行的解剖。必须获得遗属许可。依据是《尸体解剖保存法》。由全国各大学的法医学教室负责。

简单来说，在法医学教室进行解剖的是可能与犯罪案件有关的"司法解剖"、与案件无关需获得遗属许可的"许可解剖"，以及虽与犯罪无关但死者身份不明的"调查法解剖"。

2013年实行了《警察等所负责处理的尸体之死因和身

---

① 监察医：由日本都、道、府、县行政区首长（知事）任命，负责行政解剖的法医。——编者

份调查等相关法律》（简称《死因和身份调查法》），根据新法，对于身份不明的流浪汉的遗体，哪怕断定与犯罪案件无关，在我们负责的地区，大多数情况下也会对其进行调查法解剖（又称"新法解剖"）。

就算流浪汉可能因为某些原因失去了工作、住所或是家人，我们也不想看到他们连死因都没查明就被送去火化。我认为有必要通过解剖查明他们为何而死，确认他们是否真的没有被卷入案件之中。

最后的沐浴

可能有些人知道，世上有一种职业叫"入殓师"，入殓师的工作就是在入棺前为遗体洗澡、清洁身体。除此之外，根据遗体受损以及腐败的情况，进行适当的修复、化妆，最后将遗体入殓。让死者在前往黄泉之路前能洗净身体，干干净净地上路，这是一份十分崇高的职业。

法医在解剖以后，会将取出的内脏器官放回体内，缝合切开的皮肤，尽量恢复死者原来的样子，然后将遗体交给殡仪馆的人，进行入殓。

通常，解剖过程中不得不将所有的器官取出进行观察，因此需要处理大量血液。我们会尽量不让血液等身体组织沾染到遗体表面或解剖台上，但是无论多么小心还是无法完全避免。有时，遗体送到的时候体表已经沾染了大量的血液或现场的土砂，这种情况也不少见。

因此，我们在解剖结束后，会用清洁液和海绵清洗遗体全身，这个工作不会像入殓师做的那么精细到位，但是我个人把它称作"最后的沐浴"。

有些死者生前由于独居且长期无业，恐怕已经很久没有洗澡了，胡子指甲也很久没有打理，皮肤表面沾满泥垢，全身黄拉拉的。

这样的遗体用沾了清洁液的海绵清洗以后，变回清爽的白色，让人感到舒适。"这是最后的沐浴啦。"我一边自言自语，一边用清洁液搓出泡沫，使劲清洗他们的头发，毫无顾虑。这样一来，遗体变得十分干净，感觉似乎连表情都清爽了许多，仿佛变成了另一个人（大约只是在我看来）。

可能是因为经济上的困难，这些死者生前没能好好洗澡，虽然具体的原因我不是很清楚，但谁不想在人世间的最后一刻体体面面呢？

婴儿之死

以前电视新闻中报道过，在JR①三之宫车站附近的投币式储物柜里发现了婴儿的遗体。路人因为闻到恶臭报警，结果发现一具刚出生的婴儿尸体，死亡已久。储物柜在靠近三之宫车站北侧的闹市区，我休息时经常去那一带。

在我国，意外怀孕或想要孩子但没有经济能力的孕妇，可以选择人工流产（一般称为"堕胎"），这种情况并不少见。人工流产一般依照《母体保护法》，由妇产科以医疗行

---

① JR: Japan Railways，即日本铁路公司。——编者

为的名义施行手术。

我们法医学教室也接收过婴儿的遗体。说起来令人痛心，基本和三之宫的案件类似，这些婴儿一般都是在超市厕所或投币式储物柜里发现的。尽管大多数情况下，贫困是根本原因，但为了查明这些小生命究竟为何逝去，我们还是会接到解剖委托。

解剖婴儿时，很重要的一点是确认婴儿出生时是否存活。如果从母体出来就已死亡，那就是"死产"，与之相对应，出生时还存活的情况在法医学中叫"生产"。到底是"死产"还是"生产"，就由我们来判断。

如果婴儿出生时是存活的（生产），根据实际情况，会就放弃监护责任向婴儿的母亲追责。如果母亲在知晓会导致婴儿死亡的前提下也放任不管，那就要考虑是否得追究杀人嫌疑。

解剖婴儿时，我们先把肺取出，让其漂浮在装有自来水的烧杯中。如果是生产，婴儿离开母体以后正常呼吸，肺部会吸入空气，肺就能漂浮在水面上，这就是婴儿呼吸过的证据。你们可能会惊讶于实验方式如此原始，但这种"漂浮实验"确实被长期运用在法医学解剖现场。

初夏的某天，送来一具婴儿尸体，也是在超市厕所的马桶中被发现。取出小小的肺部放入水中，肺漂浮在了水面上，证明了这孩子刚刚降临人世间时确实存活过。

婴儿被发现时若已死亡的话，一般都是没有提交过出生申报书和母子健康手册的。

解剖结束后，我们一定会向遗属发放"验尸报告"。验尸报告的具体内容会在第5章详细说明，报告上会记录死者的姓名、出生年月、死亡地点、死因以及死亡种类等信息。

解剖婴儿也不例外，我们会发放"死胎报告"或"验尸报告"。如果解剖以后发现是死产，也就是出生时已经死亡，就发放死胎报告。如果是生产，即出生时是存活的，那就发放验尸报告。大多数婴儿的姓名一栏只能填上"不详"。

到目前为止，我写过许许多多验尸报告，首先填入的是亡者的姓名。大家的名字里一定饱含了父母对自己的期许与愿望。但是想到那些婴儿连名字都没有，就这样离世，实在是痛心疾首。

失业率和自杀率的关系

前面已经介绍了几例贫困导致的死亡。

"贫困"一词与工作问题有着直接联系。因生病、裁员、破产等原因失去工作、收入来源的那一刻起，就会面临贫困（就算接受生活保护也不能改变问题本质）。

根据厚生劳动省发布的数据，包括失业人员和退休老人在内的无业人员占2015年自杀者人数的59.6%。自杀动机的话，经济和生活方面的原因位居第二（第一是健康因素）；从男女比率来讲，男性自杀比率更高，特别是壮年男性，因经济原因自杀的情况更多。（《精神神经学杂志》第111卷，2009年版）

仅看自杀者人数，近年呈递减趋势，但是就算如此，每年也有2万人以上，平均每天有50多人自行了结生命。

在东京等有监察医组织的地区，自杀者的遗体一般送往监察医组织。留有遗书，明显可初步判断为自杀的情况下，警察很少会把遗体送到大学的法医学教室。

兵库县内只有神户市有监察医组织，所以在其他地区，如果现场有证据明确表明死者为自杀的话，大多都不会进行解剖。但是如果未发现遗书，无法断定是否为自杀的情况下，遗体就可能被送到法医学教室。

据我们的法医学教室调查统计，解剖过的自杀死者占解剖总数的8.9%（2 179例中占193例）。自杀手段中最常见的是上吊（缢死），占32.1%（62例）；其次是跳楼，占15.5%（30例）。

我们解剖的一般都是死后数天才被发现的尸体，掌握的死者生前的信息有限，所以光靠解剖其实很难判断是否为自杀。

以日本人最常使用的自杀手段上吊为例，是死者自己将绳子挂在脖子上的，还是被别人勒死的呢？光靠解剖不一定能判断。

此外，溺水自杀也很难判断。解剖海面漂浮的遗体时，就算可以断定死因是溺死，也很难断定是死者自己跳入海中的，还是脚滑不小心落入海中的，又或者是被他人推入海中的。这点应该交给警察进行后续调查。

但是如果死者尸体上有被人用钝器殴打过的痕迹，或者在知晓死者服用了大量的安眠药的情况下将其伪装成上吊自杀，我们就有可能通过解剖查明真相。调查死者由于何种原因致死是法医学的本职工作。

人命只值500万吗

　　某日下午送来了一具30岁左右的男性的遗体，左胸有多处刺伤，警方怀疑这是一起嫌疑犯不明的凶杀案，委托我们进行司法解剖。

　　死者左胸共有5处刺伤，都有3到4厘米宽，初步观察就可断定是锐利的刀具所致。伤口集中在左胸一处狭小的范围内，没有其他特别明显的外伤。

　　看到遗体时，我松了一口气。

　　我判断，此人很有可能是自杀。

　　该男子左胸处的5处刺伤几乎相同大小，并列排列，而且都直对心脏。

　　如果这是他人所为的话，只在左胸有5处刺伤且同样的伤口排成一列，这就很难解释。如果凶手和死者拿着刀具发生争执的话，不太可能在左胸的狭小范围内造成连续刺伤。

　　但是也有可能，死者在服药或饮酒之后进入睡眠状态，然后被刺伤。仅仅观察体表，不能完全确定没有他杀的可能性。用残留在尸体内部的客观事实来验证是十分重要的，只凭臆想很有可能扭曲事实，所以我开始进行解剖。

　　打开有刺伤的左胸，刀具所致的伤很明显，5处伤口深浅不一，有的只伤到皮下组织，有的几乎到达心脏。

　　只有一处伤及心脏，这个是致命伤。

　　自杀一般只有一处致命伤，因为一旦致命，就很难再伤害自己。死者有5处刺伤，除了致命伤，其他要么未能刺到心脏，要么只是对心脏造成轻微损伤。

如果是他杀的话，会留下多处伤及心脏的刺伤，被害者在与凶手争执的过程中，手指上也会留下伤痕，即"防卫伤"。

该男子的死因是心脏刺伤导致的失血过多。我判断，这是一起使用刀具的"自杀"事件。

解剖完这具自行了结生命的遗体后，有了些许安心。虽然这么说会引起误会，但对死者表示哀悼之情的同时，确认杀人凶手并没有逍遥法外，我多少松了口气。法医就是这样一个奇妙的职业。

据警察调查，这位男性因苦于无力偿还负债而自尽。据说他就职的工厂被关后，失业的他身负500万日元欠款。

自杀者身负债务的情况很常见。据警察称，有些奇怪的是，负债金额很多都在500万日元左右。虽然这只是我的个人想法，看来500万日元是令普通人丧失生存意志的重负。反过来说，如果有500万日元的话，这些人就不会陷入想要选择轻生的境地。

人命只值500万日元——我的脑海里闪过如此让人悲伤的念头。

"贫困之死"其实各种各样。有人因为贫困而病死，有人因为贫困而自己选择了死亡。

这就是日本的日常，这就是谁都会面对的现实。

【第1章参考文献及网址】

- 厚生劳动省 对接受生活保护的人的调查结果（平成二十八年1月为止的概数）

  http://www.mhlw.go.jp/toukei/list/74-16b.html
- 尼崎市生活贫困人员自立支援机构负责与保护第二负责市长定期记者见面会资料《关于生活贫困人员的就业支援体系——不间断的阶段性就业支援》

  http://www.city.amagasaki.hyogo.jp/dbps_data/_material_/_files/000/000/035/364/2708shiryou.pdf
- WHO关于《糖尿病的国际报告（Global Report On Diabetes）》

  http://apps.who.int/ins/bitstream/10665/20487/1/9789241565257_eng.pdf
- 国际糖尿病联盟（IDF）《糖尿病分布地图册》2015年第7版（Diabetes Atlas 2015）
- 内阁府自杀对策推进室《平成二十七年自杀状况》

  http://www.npa.go.jp/safetylife/seianki/jisatsu/H27/

H27_jisatunojoukyou_01.pdf

- 自杀对策支援中心 lifelink《自杀者统计》
  http://www.lifelink.or.jp/hp/statistics.html
- 厚生劳动省《自杀对策白皮书》（第 2 章　自杀对策 10 年以及未来展想）
  第 2 节　关于自杀状况的分析
  http://www.mhiw.go.jp/wp.hakusyo/jisatsu/16/dl/2-02.pdf
- 井上显、福永龙繁等著《精神神经学杂志》第 111 卷第 7 号 P.733-740（2009 年）
  《针对自杀对策，精神医学、法医学、公共卫生学等相关领域的合作——三重县的调查结果及活动报告》
- 上吉川泰佑、西尾元等著《兵医大医会杂志》第 40 卷 P.65-68（2016 年）/《研究兵库医科大学法医学教室所解剖的自杀例》

第2章　孤独的尸体

中暑的恐怖

每天送往我们法医学教室的遗体形形色色，有很多人死后过了很长时间才被发现。经常会碰到在自己家中死亡时间超过1个月的死者，甚至还有在山中被发现的去世多年的死者。在解剖台上面对这些有着悲惨过往的遗体，是家常便饭了。

最近，面对这类死者的机会增多了，我认为这和独居者（一个人生活的人）人数增加有关。

我们法医学教室的年解剖数约为10年前的2倍左右。2015年解剖遗体数为320具。有数据表明（未公开发表）其中46％为独居者，接近总数的一半。从全国范围来看，法医解剖总件数也在增加。独居者死亡时的状况成谜，导致非正常死亡尸体的数量变多，这被认为是解剖总件数增加的原因之一。

根据厚生劳动省发表的《平成二十七年①国民生活基础调查概况》，在日本，单身户家庭（即独居者）为1 351.7

万户，占全国家庭总数的26.8%。与20年前相比增加了430多万户，占比增加了4.2%。

其中，老龄（65岁以上）单身户家庭的增加尤其显著，1995年为219.9万户，2015年达到624.3万户，大约增加了404万户。

随着独居老人的增加，近10年加大了防范夏季中暑的提醒力度。据厚生劳动省统计，2016年7月至8月，全国由于中暑住院的人数达到776人，其中61岁以上的老人达到473人，占比超过六成。2005年328人因中暑死亡，2015年中暑死亡人数达到968人，约为2005年的3倍。2010年是创纪录的酷暑，导致1 731人死于中暑（厚生劳动省《人口动态统计》）。

中暑死亡人数的增加，除了地球温室效应以外，我认为独居者的增多也是主要原因。

其实中暑不仅发生在室外，也频繁发生在室内。更麻烦的是，有不少半夜睡眠中发生中暑的情况。

如果是白天在室外中暑倒地的话，周围的人会帮忙叫救护车，但如果是一个人在睡眠时间出现中暑状况的话就没那么幸运了。一旦中暑，体内的水分和盐分就会流失，热量闷在体内散发不出去，轻者头晕目眩，突然站立时会眼前发黑，重者会引起痉挛、剧烈的头痛以及呕吐。意识微弱的情况下，很难向别人求救。

东京都监察医务院以东京都23区为对象进行了调查，

---

① 平成二十七年即公元2015年。——编者

2014年中暑死亡者的三成以上、2015年中暑死亡者的两成以上是夜间死亡。此外室内死亡者约占九成，基本都是在自己家中未使用空调的情况。老年人由于节约或喜好问题，很多人就算有空调也不使用。正因为有这样的背景原因，最近加大了防范"夜间中暑"的提醒力度，特别是针对睡眠期间中暑的防范。

中暑导致肌肉溶解

实际上，送到我们法医学教室解剖的遗体中，中暑致死者的准确数量不得而知。

很多独居者的遗体被发现时，距离死亡已经过了数周以上，也就是说大多数情况下，我们在解剖台上面对的遗体已经腐败，能断定死因是中暑的线索所剩无几。

如果是生前送到的话（当然，生前的话就不会被送到法医学教室，而会被送到医院），应该可以确认体温异常变高，诊断中暑不会很困难。患者的体温如果高达41℃，就算临床经验不足，我也能想到诊断结果很可能是急性毒品中毒或者中暑。

但是，人死后体内就无法产热，不管是否中暑，体温都会下降到与周围气温持平。比如外界气温为30℃，那体温也会慢慢下降至30℃。这样一来，解剖时就很难判断死因是不是为中暑，很多情况下只能诊断为"死因不明"。

几年前的酷暑8月，我们接收了一具70岁左右的女性尸体。她一个人住，半夜在自己家中去世。正好住在附近的熟人去她家拜访，发现她静悄悄地躺在床上，已经没了生气。她离世已有3天，体温早已下降至与外界气温持平。遗体上没有明显的外伤，解剖察看内脏，也没有异常。不清楚死亡原因，在解剖结束后直接递交的验尸报告上，死因一栏只得填入"不明"。

解剖结束后用显微镜仔细检查内脏器官发现，肌肉细胞有一部分发生了溶解（变性）。

在体温维持37℃左右时，多数人体细胞能保持正常功能，但是如果体温异常上升的话，就会发生异变。其中包括，组成肌肉的骨骼肌细胞会因为热度而溶解死亡，有时会出现肌细胞的内容物流入血液的情况。这种现象叫做"横纹肌溶解综合征"，也是法医学教室断定死者为重度中暑仅有的线索。

补充说明一下，"横纹肌"是指手臂以及腿部的骨骼肌等一般人体肌肉。

通过这样一个小线索，死者验尸报告上的死因由"不明"改为"中暑"，不知道能否算得上是不幸中的万幸。

独居引发的死亡

不仅是中暑，解剖独居者遗体时，我时常会想："要是他不是一个人生活的话……"

我曾解剖一具60岁左右的男性遗体，发生过这样的事情。

当时正值12月，这名男性被发现在自家的独栋房子里倒地身亡。房子上了锁，屋内也没有被乱翻的痕迹，虽然初步断定为非他杀，但由于死因不明，所以我们接到了警方的许可解剖委托。

死者无既往病史或内脏疾病，但可以确认心脏出现了第1章详细提到的特殊症状（左右心房血液颜色不同），所以基本可推断直接死因为"冻死"。据了解，这名男性死者没有经济上的困扰，家中也安装了空调，那为什么会在自己家中冻死呢？这个问题令人怎么也想不通。

抱着这样的疑问继续解剖，在打开死者脑部时，冻死的疑问便迎刃而解了。

是脑出血。

高血压患者容易发生脑出血，在脑内，有几个易由高血压引起脑出血的部位，其中最容易发生脑出血的部位是基底核。这名男性死者的基底核可以观察到有乒乓球大小的出血状况。

这是由脑内血管破裂引起的脑出血，这名男性的出血程度并不严重，一般来说不会造成死亡。假如当时有人在身边，发现他倒地并呼叫救护车的话，就能在医院接受治疗，避免一死。

但是，这名男子是独居者。当时的他恐怕因为脑出血而无法动弹，也无法自行呼叫救护车，倒在房间里以后，因为寒冷冻死了。

人死后会变绿

因独居而导致的死亡——面对这样的死亡，是在法医学解剖现场最能让人思考"孤独"的时刻。要问什么是"孤独的死"，首先能想到的就是"独居者在不为人知的情况下死去"。

当然，我不认为单身生活就是孤独的。

怎样生活，每个人有每个人的生活方式。有人喜欢自由自在的单身生活，也有人出门在外时通过工作和兴趣爱好结识好友。应该还有人觉得平时和子孙分居，偶尔相聚的状态刚刚好。

但是，一个人居住的话，如果自己身上发生了什么意外，身边没有可以帮忙的人，无疑增加了风险。如果能打电话通知家人朋友，或者能自己叫救护车，那问题不大。但有时也会发生无法联系他人的突发症状。

若是因身体状况突然恶化而导致死亡，死者在被人发现之前大多要经过一段时间。不用说，死亡时间越长，尸体的腐败程度越严重。

不知道大家能不能想象出人体腐败后外观会变成什么样？

除非是医疗、葬礼、搜查相关的工作人员，一般人应该很少有机会接触到死者的遗体。顶多也就是在亲戚或者关系亲近的人去世时，在医院的病床上或底部装满干冰的棺材里看到横躺着的故人。一般这种情况下，遗体和生前状态区别不大。

人是生物，所以在死亡的瞬间，肉体就开始腐烂。"腐败"显然是医学专业术语，也就是人死后在细菌的活跃作用下，细胞被分解、渐渐腐烂的状态。

很少有人知道，人死后体表会慢慢变成绿色。人体一旦开始腐烂，首先腹部右下方附近的皮肤会开始变绿，犹如青苔的颜色，也就是所谓的"苔绿色"。夏天的话，死后一两天就会开始变色，整个腹部、胸部到腿，从上到下依次慢慢地蔓延，大概1周左右全身就会被绿色覆盖。

右下腹附近是肠子最鼓起的部位。肠管是最鼓起的器官，其中右下腹部附近的回盲部（连接大小肠的交界处，盲肠所在部位）是肠管直径最粗的部位。

大约正因为这部位最接近腹壁，所以肠内变化最容易表现在体表上。

无法消除的死亡的气味

这种腐败引起的变色现象，并不是所有遗体放置一段时间后都会出现。人死后，根据遗体所在环境条件，除了可能腐败之外，有时候会发生干尸化。

比如在隆冬去世的人，遗体放置在通风较好的房间里的话，就会加速干燥，会先出现干尸化，而不是腐败。之所以不会腐败，是因为体内水分会在一定程度上流失。"干尸化"也是确切的医学术语。

相反，如果是夏天的话，遗体只须放置一个月就会白骨化。因为一到夏天，蝇蛆活跃，无论在野外还是室内，它们在活跃季一定会在尸体里产卵。

有一次，送到我们这里来的在室内被发现的尸体也出现了严重腐败的现象，基本只剩下骨头。

尸体里有大量的蛆虫，脑等内脏器官大部分已经被侵食。据说住在附近的人发现从死者家的窗户看进去漆黑一片，大吃一惊，于是报了警。蝇蛆的繁衍速度惊人，在尸体里重复产卵、孵化、羽化，房间里全是蝇蛆。

虽然也有喜欢干尸化遗体的昆虫（第3章中将进行详述），因此不能一概而论，但是同样是死后过了一段时间，由于冬天不容易腐败，大部分遗体能以较完好的状态送达。相反，如果是夏天，很少有不生蛆的遗体。

虽说已经习惯了自己的职业特性，解剖腐败的遗体还是会觉得不太自在。这倒不是观感上的问题，而是对尸臭有些在意。

说得形象具体一点，解剖腐败的遗体时，尸臭会渗进头发和皮肤上，很难消除。就算穿着严实的解剖服，尸臭也会钻进去，沾染在身上。

有一次，我尝试用市面上买的除臭剂来消除身上的尸臭，但是除臭剂的味道和原来的尸臭混合后，变成更加刺鼻的恶臭，十分失败。那天实在没别的办法，只好就那样乘电车回家，但是在我旁边坐下的人无一不立刻离座而去。我至今都还记得皱着眉头离去的那名年轻女性的表情。从那以后，我再也不轻易尝试除臭了。

霸凌而致的死亡

单身生活的人不一定"孤独"。与此相对，就算和家人在一起，就算身处学校、职场这样的集体里，应该也会有感到孤独的人。如果是自己希望营造孤独感，那也是一种生活方式。但如果是无法融入集体那就另当别论了。学校、职场，有时是居住的小区，在自己所属的集体里如果发生了这样的情况，不少人会在精神上受到摧残。"霸凌"就是这类问题中的一个。

文部科学省于2016年3月末，以全国小学、初中、高中、特别教育学校为对象，进行了"平成二十七年度关于儿童学生问题行为等学生指导方面的诸问题调查"，结果表明"被认定为霸凌事件的件数"是224 540件，为历年新高。和前一年相比，增加了36 468件。这只是被校方"认定"的数字，可以想象现实中的霸凌事件会更多。

我曾经解剖过一具初中男生的遗体，他无法忍受霸凌之苦而跳楼身亡。

因为死亡以后马上就被发现了，所以解剖开始前获得的信息有限。死者没留遗书，无法彻底排除被人强行推下去的可能性，所以作为"嫌疑人不详的潜在他杀案件"转交给我们进行司法解剖。

解剖的结果是"肋骨多发性骨折所致出血性休克"。没有服用过安眠药，也没有发现和别人争斗过的痕迹。

解剖后得知，死者在学校里遭遇了严重的霸凌。在学校这样的大集体中，如果遭到霸凌被孤立的话，也许会感到更加的孤独。

补充说明一下，如果是从高处坠落或者被汽车冲撞等，身体因受到强大的外力作用，遗体体表的损伤会尤其严重，经常会出现头部头盖骨、胸部肋骨、腰部盆骨等多处严重骨折。

虽然受损部位多且程度严重，但解剖方法和顺序还是不变。体表、皮下组织、骨骼、内脏器官等处有损伤的话，都要以文字和照片的形式记录下来。因此，和解剖损伤较少的遗体相比，需要花的时间多得多。

这样的遗体上一般会有多处足以致命的损伤，包括脑部破裂、心脏破裂、肋骨多发性骨折等。在这样的案例中就很难判断哪个是直接死因。

尽管如此，也不能因为哪处损伤都可能是致命死因，就随便选一个填进验尸报告。

比如，有一个案例中，死者在高速公路上被大型卡车冲撞碾压致死，脑部和心脏均破裂。解剖时发现，心脏相比原来的位置向头颈部移动过，那可以推断卡车是从死者的脚开始向头部方向依次碾压各个内脏器官。所以，靠近腿部的心脏应该比脑部先被碾压，死因可断定为"心脏破裂"，而不是"脑部破裂"。

孤独死与酒精关联死

近几年经常会听到"孤独死"这个词。具体指独居者在周围人不知晓的情况下突然病死或者由于慢性疾病而悄悄死去等悲惨的状况。

东日本大地震的重震灾区岩手、宫城、福岛等3县设立了临时住宅，"孤独死"在这些住宅中成为严重问题。2015年末为止，临时住宅中的孤独死人数达到188人。据报道，该数字在震灾后的5年中年年增加。据闻，由于对"孤独死"的定义不明确，调查方共同通信社只是询问了3县县警"临时住宅中居住、被发现时呈死亡状态的独居者"的人数（不确定3县县警是否把自杀者也包含在内，但是岩手县县警表明去除了2015年度的自杀者）。

类似的灾民孤独死问题在1995年发生的阪神大地震的赈灾公营住宅中也受到了关注。独居老人增加的同时，突然的环境变化等也使他们几乎丧失了和周围邻居的交流，失去了可以彼此依赖、彼此照料的人。

如果他们有可以叫来一起生活的家人，或是为他们提供能以邻里互帮互助的形式生活的机构设施，他们也许不会孤独地死去了吧——常常能听到这样悲痛的疾呼。

我感到孤独死很多情况下会和酒精，也就是饮酒，有极大的关联性。

我们法医学教室解剖的遗体中确实有近三成，能从血液中检出酒精含量。其中，明显长期过度饮酒即患有酒精依赖症的死者，男性占压倒性多数，而且净是独居者。是因为独居所以患上了酒精依赖症呢？还是因为患有酒精依赖症而独居呢？人数如此之大，令人难免对这两项的因果关系产生思考。从被解剖的死者生前状况来看，很多人为了逃避失业、破产、欠债、职场或与亲朋间的人际关系等压力，反复过量饮酒。

有一个令我记忆犹新的酒精依赖症解剖案例。死者是约50岁的男性，45岁左右被公司裁员。据称，他与家人长期失联，也没有亲近的朋友。被解雇后，他沉溺于酗酒生活，去世前约半年基本只靠酒精来摄取营养。

该男子被发现在自己家中身亡后，警方展开调查，发现房间内几乎没有食品，只有满屋散乱着的空啤酒罐和空烧酒瓶。

像他这样只靠酒精生活的人，大多血管反而非常干净。一般随着年龄增长会出现动脉硬化，这一变化在以酒为生的人的血管里却几乎看不到。也许是因为这类人除了酒精以外，几乎不摄取任何脂肪等营养成分，所以很少出现血管动脉硬化。

由于极度依赖酒精，一般通过饮食摄取的蛋白质、脂肪等，都被酒精所替代，以提供人体所需最低限度的能量。因为不食用油腻的食物，所以也几乎没有内脏脂肪。我解剖过的酒精依赖症患者的遗体总体来说都很瘦，皮下脂肪几乎没有达到三四厘米的。只从体内来看，也几乎没有发现引发心肌梗死的征兆，甚至可以说是处于健康状态。

夺命的酮体

躺在解剖台上这具50多岁的男性尸体也很瘦弱，几乎没什么内脏脂肪。可能听来有点奇怪，这具遗体向我们证明，人类只靠酒精也能生存（虽然不能算是健康的生活状态）。

那他究竟因何而死呢？

当酒精成为唯一的营养源时，哪怕只是感冒了，身体也会一下子陷入危险状态。这是叫做"酮体"的酸性物质所导致的。

通常人体营养（葡萄糖）不足时会燃烧脂肪作为能量源。这时在体内产生的酮体会替代葡萄糖，为全身提供能量。就像极端减少碳水化合物摄取量的话题减肥法"生酮减肥法"一样，健康的人如果绝食两天，血液和尿液中一定会出现酮体。

酮体是酸性物质，所以如果血液中酮体大幅度增加的话，血液的酸性也会增高。健康的身体有一套用肺来调节血液pH值（显示酸碱性的氢离子指数）的机制，无意识地加快呼吸，积极向体外排出二氧化碳，就可增加血液的碱性。同时肾脏也会发挥机能，将多余的酸通过尿液排出，血液就会调节为偏碱性。

酒精依赖症患者哪怕只是感冒，一切营养源的补给就会中断，血液中的酮体就会异常增加，体内来不及进行pH值调节。为了保持正常的身体机能，血液中的pH值可以在小范围内调节，但如果过量的酮体囤积在血液中，酸性超过可正常调节范围的话，身体机能就很难维持正常。

刚才那具50岁左右的男性尸体，解剖后进行了血液检查，发现酮体值异常高。另外，这名患有酒精依赖症的男子血液中的酒精浓度不高，可以确定死因不是急性酒精中毒。

一般来说，众所周知由酒精引起的死因就是急性酒精中毒。当然，即使是酒精依赖症患者，只要饮酒过量，超过致死的酒精浓度，也有可能死于急性酒精中毒。

但是，就送到我们法医学教室的遗体的情况而言，因为一下子喝了过量酒精而导致血液中酒精浓度急剧上升，从而引发急性酒精中毒致死的人意外地很少。

酒精很少成为直接死因。像这名男性死者一样，血液中酒精浓度低，但是因酮体值升高而死；醉酒后脚滑摔入池中溺水而死；忘年会①回家途中直接在路边睡着而被汽车轧死；又或者饮酒后从车站站台跌落致死，等等，酒精往往是间接死因。在法医学教室里，我们将这类与酒精间接相关的死因造成的死亡称为"酒精关联死"。

从这点来考虑的话，如果身边有一起喝酒的人，或者家中有关心自己的家人，我想有些"关联死"也许是可以避免的。

法医学和神经疾病

写到这里，不难发现，从独居者、老年人、失业者、酒精依赖症患者等人群来看，"社会性孤立"情况增加，而从法医学现场来看，这一情况与非正常死亡解剖数的增加是相互联系的。

近几年我发现，我们法医学教室解剖的遗体中有28％即近三成死者，患有精神疾病（1 442例中有404例。2009年至2015年/未发表数据）。至少送到我们机构的死者中精神疾病患者人数逐年增加，这是有数据支持的毋庸置疑的事实。

很多精神疾病患者的案例通过解剖很难确定死因。即便进行了解剖，很多时候也不得不作为"死因不明"来处理。另外，目前没有发现明显与精神疾病相联系的特殊死

---

① 忘年会：在日本，年底时会与同事、朋友等举行聚餐会，忘记一年中的辛劳与不顺。——编者

因。但是，一些长期去精神病院看病的患者会有长达数十年的服药史。精神疾病患者的处方药中，有些有副作用，可能会引起"心律不齐"，我们不能断言没有心律不齐导致的死亡。

不过，心律不齐只能通过心电图检测。就算给送到我们这里来的遗体测心电图，屏幕上显示的肯定也是没有波动的一条直线。就算进行解剖，也很难从停止跳动的心脏上诊断出心律不齐。

以前，我们大学针对诊断为自杀的死者进行病例研究，自杀死者中17.1%（193例中33例）其实有精神病史。无精神病史的自杀者大多以上吊作为自杀手段。与此相对，有精神病史的自杀者大多是服毒自杀（精神病患者占30.3%／非精神病患者占5.6%）。

关于服毒自杀，大多数情况下是一次性过量服用医院开的处方药而导致的。虽然不了解临床情况，但是我觉得为了防止精神疾病患者服毒自杀，应该要注意患者是否有未服用的剩余药剂，特别是病人须长期服用处方药的情况下。

精神科医生恐怕也不会因为某位患者某天没来看病而一个一个与患者定期联络。

在负责医师不知情的情况下，原本定期来精神科看病的患者某天突然死亡并接受了解剖，这样的案例并不少见。

精神疾病患者与案件的距离

另外一点让我比较在意的是，精神疾病患者与案件的关联性。

我们解剖的遗体中，除了病死和事故死亡，被断定为他杀的死者约占5%（1 548例中81例）。他杀案件的被害者大约4人中有1人（23.5%）患有抑郁症、精神分裂症、痴呆症等精神疾病。而且，这样的案件中约八成以上的加害者（19例中16例）是其亲属，也就是亲人等自家人。

从以上数据可以看出，不仅是精神疾病患者本人，其家人也在社会中处于被孤立的状态。除了治病所带来的经济压力，大多数精神疾病患者的家人和周围几乎没有交际，处于独自痛苦的状态，案件正是在这样被孤立的状态下发生的吧。案件背后，是精神疾病患者及其家人长期遭受社会上的不理解和偏见的现状。

2016年7月，神奈川县发生了一起凄惨的案件。一名20多岁的持刀男子突然闯入该县相模原市的一家智障人士服务机构"津久井山百合园"，杀害了园内19名成员，并致27名成员受伤。

一次性对这么多无辜者进行单方面的屠杀，这样的案件绝对不该发生。

加害者原来是此服务机构的员工，被怀疑患有精神疾病后强制入院过一段时间。他在出院后无须特殊照顾，且和父母同居，在这个前提下才允许其出院的。但是该男子却一直是一个人生活。因为这起案件，人们就强制入院提出了很多批评。

精神科现如今提倡，与其让精神疾病患者在隔离病室被孤立，全社会更应该以宽容的态度去接受和保护他们。

呼吁全社会一起关注精神疾病患者是值得肯定的。我觉得不能因为某个极端人物引起的案件，就歧视积极对抗疾病的患者及其家属，或者对他们抱有偏见。

【第2章参考文献及网址】

- 厚生劳动省《平成二十七年 国民生活基础调查概况》/—家庭户数和家庭成员的状况

  http://www.mhlw.go.jp/toukei/saikin/hw/k-tyosa/k-tyosa15/dl/02.pdf

- 厚生劳动省《年龄以5岁为阶段划分的中暑死亡人数的逐年变化（平成七年至二十七年）—人口动态统计（确定数据）》

  http://www.mhlw.go.jp/toukei/saikin/hw/jinkou/tokusyu/necchusho15/dl/nenrei.pdf

- 厚省劳动省《平成二十八年度中暑入院患者等即时发生信息》/平成二十八年7月1日—8月31日重症入院患者数

  http:///www.mhlw.go.jp/file/-seisakujouhou-10900000-kenkoukyoku/0000142968.pdf

- 东京都福利保健局 东京都监察医务院《平成二十七年夏季中暑死亡状况（东京都23区）》

  http://www.fukushihoken.metro.tokyo.jp/kansatsu/oshirase/nettyusho27.html

- 文部科学省《平成二十七年度〈关于儿童学生问题行为等学生指导方面的诸问题调查〉结果（速报值）》
  http://www.mext.go.jp/b_menu/houdou/28/10/__icsFiles/
  afieldfile/2016/10/27/1378690_001.pdf
- 河北新报ONLINE NEWS《〈临时住宅〉灾区3县孤独死188人》（2016年3月1日发布信息）
- 末永正二郎、西尾元等著《兵医大医会杂志》第39卷P.115–119（2015年）/《研究法医解剖例中的酒精关联死》
- 上吉川泰佑、西尾元等著《兵医大医会杂志》第40卷P.65–68（2016年）/《研究兵库医科大学法医学教室所解剖的自杀案例》
- 西本匡司、西尾元等著《兵医大医会杂志》第39卷P.83–88（2014年）/《研究阪神大地震期间中毒死的解剖例》
- 北野圭吾、西尾元等著《兵医大医会杂志》第39卷P.77–81（2014年）/《研究阪神大地震期间他杀解剖案例》

第3章　衰老的尸体

严重腐败的老人尸体

那年入秋后还热得厉害，只是从自己家里走到附近车站就汗如雨下。

乘坐阪神本线电车赶往兵库医科大学的途中，手机上收到一封邮件，是警方负责人的解剖委托邮件。一名在房间倒地身亡的老人由于不明死因，需要进行解剖。

正好当天下午没有安排，于是我回信道：下午1点以后可以解剖。这时电车正好驶入了我的目的地武库川站。

虽然时间还早，但是外面酷暑难耐。我一边朝着大学走去（大概5分钟路程）一边猜想着，"可能又是一位死于中暑的老人"。

下午，老人的遗体被送到，我们像往常一样向警方负责人询问情况。

在解剖记录上写上被解剖者的姓名、出生日期、被发现死亡的时间日期与场所、可以确定的最后活着的时间，以及是否有同居者和既往病史等信息。每个地区负责解剖的法医书写信息的格式各有不同，但是需要记录的信息基本一致。不过就以往经验来讲，我们法医学教室会附加一些记录项目，比如"是否饮酒""是否去看过精神科""是否有痴呆症""是否独居""是否接受生活保护"等，我们都会和警方负责人进行确认并记录。

这名老人是70多岁男性，没有孩子，和妻子两人生活。他平时几乎不喝酒，也没有精神方面的过往病史。由于是炎热的季节，所以还确认了室内是否有空调。据反馈，客厅和寝室都安装了空调。

来到遗体跟前，其腐败程度已相当严重，以此判断，死后差不多过了1周了。不过，由于遗体上没有明显的外伤，所以我认为必须考虑死因是中暑的可能性。毕竟老年人相对节约，就算房间里有空调，也许也不太使用。

开始解剖后发现内脏器官严重腐败。脏器已经软化，胰脏等有一部分溶化，但是肺和心脏等并没有出现明显的变化。

"死后已经过了很久，所以腐败严重……可能很难推断最终死因。"

正当我绞尽脑汁的时候，和我一起解剖的医师开口说道：

"老师，头盖骨打开了。"

头盖骨中的脑已经融化成黏稠状，完全没有了原来的形状。但是，在那堆灰色的黏稠状脑组织中，有一大块很明显的红色血块。是血肿，也就是出血留下的痕迹。死者是因为脑出血倒地，在自己家中断气身亡的。

老老看护[1] 与死亡

那么，为什么这位男性和妻子同居，直至尸体严重腐败，也没人将他送往医院呢？

这个疑问也马上迎刃而解了。其实解剖开始前，警方就告诉我们死者有"精神病患者家属史"。"精神病患者家属史"用以记录家人中是否有患有精神疾病的成员。与死者同住的妻子过了70岁便患上了痴呆症（痴呆症属于"精神科"疾病）。

正因为其妻子患有痴呆症，虽然夫妻二人共同生活，但死者在死后被放置了1个星期以上。最终发现死者尸体的是两周拜访一次的护士。继上次8月中旬拜访后，月末护士再次登门拜访时，发现该男子早已身亡。

据说旁边的妻子呆呆地看着电视。她无法理解自己的丈夫已经死去，所以和尸体一起继续生活着。在她看来，丈夫可能一直在睡觉吧。

近几年，新闻里多次就"老老看护"的话题进行了报道。在本书的读者中，一定有人正在照顾自己的老伴或者父母吧。

据总务省统计局统计，到2016年9月15日为止，日本65岁以上的老年人人数为3 461万人，占总人口的27.3%。此外，据厚生劳动省调查预测，2025年老年人人数会突破

---

① 老老看护：看护者与被看护者都是65岁以上老人的看护模式。——编者

3 657万人，在不久的将来会达到总人口的三成以上。第2章关于独居老年人增加的问题也有所提及，随着社会核心家庭化，独居者增加，老老看护便成为一大社会问题。

厚生劳动省每3年进行一次大规模调查，据《国民生活基础调查（平成二十五年①）》统计，家中需要看护的人以及负责看护的人都是65岁以上的家庭占比已经达到51.2%。有需要看护的老年人的家庭中半数以上都处于老老看护的状态。

我国的平均寿命年年上升。到2015年为止，日本人的男性平均寿命为80.79岁，女性平均寿命为87.05岁。据内阁府的《老龄化社会白皮书（平成二十六年版）》预测，2060年日本女性的平均寿命将达到90.93岁，超过90岁。

但是另一方面，健康寿命即日常生活不需要看护的平均年龄为男性70.42岁、女性73.62岁（2010年度/厚生劳动省调查）。这与平均寿命的差距男性是10年，女性是13年。

由此可知，老老看护中负责看护的人不少也有七八十岁了。也就是说看护者本人也可能随时需要别人的看护，所以难免会发生负责看护的人先去世的情况。

若是被看护者患有重度痴呆症而难以掌握眼前的情况，或是因为脑梗死等而卧床不起，那么就算负责看护的老伴因为心脏或脑部突发疾病倒地，他们也无法和他人取得联系。也许难以置信，但确实有和早已白骨化的老伴继续生活的案例。

同时，被看护者由于无法求救，也无法自行解决饮食、

---

① 平成二十五年即公元2013年。下文平成二十六年即公元2014年。——编者

服药的问题，如果放任不管最终也会追随老伴离世。在当今日本，确有如此悲惨的事在各地发生。

之前提到的老夫妻，妻子能幸存已是十分幸运了。我曾多次碰到老老看护的夫妻俩的尸体被同时发现的情况。可以说老老看护关系中，看护者的死亡直接关系到被看护者的生死。

老老看护时在浴缸里发生的意外死亡

80多岁男性的遗体在自家浴室里被发现。这名男性负责看护患有痴呆症的70多岁的妻子，正是所谓老老看护。就算岁月流逝，丈夫一直以来都无微不至地照顾妻子，邻居也时常目睹二人和睦相处的样子。

这名男性的遗体是在初夏的某一天被送到我们这里的。在两人共同生活的公寓浴室，死者在浴缸里断了气。从现场状况初步怀疑死因为"溺死"。

但是，从警方那里得知，当时的情况超乎想象。

就算询问获救的妻子，她也说不清楚事发的原因，但好像是妻子怎么也无法从浴缸里出来，于是丈夫上前帮忙，但是因脚滑不慎跌入浴缸。然后，就在跌入的瞬间，妻子的身体不巧压在了丈夫的身上，如同重石一般将丈夫压在洗澡水里，导致丈夫溺死。

亲戚由于无法和这对老夫妇取得联系，出于担心而报了警。警察赶往公寓，吃惊地发现当时妻子在浴缸里，正坐在自己丈夫的身上。整件事令人难过，但老妇人因为自己的丈夫而免于溺死。

老老看护时，负责看护的人要和自己一年一年越来越衰弱的身体抗争。一个人想管理好自己的身体，需要付出难以想象的努力。

此次事件可以说是代表了老老看护的严峻现实。

恐怕，要从浴缸里抱起无法站立的妻子，狭小的浴室里不安全因素太多了。

80多岁的男性要帮助患痴呆症的妻子洗澡——这在以前三代同居的时代是无法想象的，但是现如今已经成为日常。常年陪伴并无微不至地照顾老伴，最终却因看护过程的意外事件而导致死亡，这样的结局太令人难受。

与此同时，想想这位幸存的妻子。一直以来支撑着自己的丈夫因自己而死……但是她应该并不知道到底发生了什么。就算给她看尸检报告，她又能理解什么呢？

虽说只是本职工作，但是遇到如此悲惨的事情，还是心情沉重。

痴呆症与死亡

据推算，到2012年为止，日本全国老年痴呆症患者人数为462万人。据厚生劳动省推测，2025年会增加至700万人左右。这个数据暗示，将来可能5个老年人中就有1人患有老年痴呆。

在我们法医学教室，痴呆症患者遗体的解剖数也逐年增加。2009年到2015年我们负责的解剖尸体数共1 442具，其中确定为痴呆症患者的遗体为68具，约占4.7%。而且，在这期间，痴呆症患者遗体所占比例呈缓慢上升趋势。

痴呆症患者大多在医院或者相关机构里死亡，送到我们这里的死者只是极少数。一般只要不是在家里或者路上发生意外变故，绝大多数痴呆症患者都是病死。而病死者大多死于肺炎。

我们负责解剖的痴呆症患者中死因诊断为"病死"的，大多数也是由于肺炎。不过，被我们诊断为"病死"的痴呆症患者人数只占痴呆症患者遗体总解剖数的两成左右。

那么，还有别的什么死因呢？

"溺死""冻死""交通事故死亡"等占多数。痴呆症病情加重的话，出门以后找不到回家的路，一直在路上游荡的情况很多，如此一来就容易被卷入意想不到的事故中。就结果而言，在徘徊或者失踪的情况下，遭遇"溺死""摔倒或坠落死亡""交通事故死亡"等事故的人，占我们负责解剖的痴呆症患者遗体总数的约三成。

有一次，在我们管辖区域的一条河边，发现一具冻死的男性尸体。他身上没有什么随身携带物品，所以无法明确身份。当时作为嫌疑犯不明的潜在他杀案件，送到我们教室进行司法解剖。

当然，解剖的同时警察也在调查死者的身份。因为该男子的家属已经向警方提出了搜索请求，所以很快就查明了身份。死者为80多岁的痴呆症患者，就住在遗体发现现场步行可到的地方。

他可能一时兴起出了门，走着走着就不知道自己身在何处了。虽然是寒冬，但他身上没穿外套，也没穿其他御寒衣物。

在寒冷的天气下，他不明方向，或许连自己是谁都不知道，就这样不安地在路上游荡着。

我解剖痴呆症患者遗体的时候，除了死因，还会记录死者死亡地点的离家距离。

整理这些数据会发现，在失踪过程中死亡的人大多都是在自家附近的步行范围内被发现的，即离家约5公里的区域内。发现这名男性遗体的河岸离他的家不过2公里。就算这么近，他也没法找到回家的路。也有遗体在离家30公里处被发现的情况。不知道死者是如何到达那么远的地方的，此人在高速公路上迷路，被卡车轧死。

近年，新闻经常报道这类在游荡时遭遇事故的案例。

2007年爱知县一名男性痴呆症患者（当时91岁）在游荡时遭电车冲撞。针对这起事故，JR东海向死者家属提出起诉，要求约720万日元的损害赔偿，该案被称为"JR东海痴呆症事故诉讼"案件。在2016年3月的上诉判决中，撤销了名古屋高等法院做出的命遗属赔偿JR东海的二审判决，宣布JR东海方败诉。

当时被要求赔偿的是该男性死者的看护者，即同居的妻子，以及定居横滨的长子。案发当时死者妻子85岁，本身也需要看护，这是一个痴呆症患者看护外加老老看护的悲惨事件。对于死者妻子和长期分居的长子，最高法院判决"家属没有监护责任"。

91岁的死者患有痴呆症，而且无法掌控自己身处何地，85岁的妻子要找到他是非常艰难的。就算距离只有数公里，光靠家人也很难掌握他的行动范围。

死者的长子后来说道：

"我觉得父亲出门是有目的性的。一系列报道中都用了'游荡'这个词，我觉得是一种错误的认知导向。"（2016年6月12日发布，《朝日新闻》电子版）

据说该男性死者以前出家门，曾去过工作过的农业合作社和老家。所以他不是漫无目的地到处走，所到之处是和自己的人生有渊源的地方。在旁人看来用"游荡"一词可以代表痴呆症患者的外出行为，但是也许本人带有强烈意识。

痴呆症患者的想法

最近我们收到一具患有痴呆症的60多岁的女性遗体。她出门去家附近的山上散步，找不到回家的路，用手机打电话回家以后就下落不明了。1周后在山中的一条浅河旁发现了她的尸体。

死者颈骨断裂，应该是从山中某处坠落的。同时，在遗体上观察到了冻死的迹象。也就是说骨折后的一段时间里她还活着，但是无法脱困，只能在原地挨冻，直至死亡。

正如"JR东海痴呆症事故诉讼"案件的死者家属所说，在他人看来，也许她只是在漫无目的地游荡，但是，她本人确实打算在散步以后回家。可是就算有"想回去"的想法，却搞不清自己在哪里，不知道怎么回去。我觉得这才是痴呆症的恐怖之处。

刚才也提到，一般痴呆症患者的死因大多为"病死"，而病死的主要原因是"肺炎"。为什么是肺炎呢？因为患上痴呆症后，会导致脑萎缩，最终卧床不起。长期卧床的话，吃下去的食物很容易从气管进入肺部，结果很容易患上肺炎，甚至死亡。反过来说，就算有痴呆症的症状，但只要能动，就表示还可以维持运动机能。

因痴呆症而开始引起脑萎缩时，情感波动变大，学习能力低下，越来越健忘，维持"人类应有的生活"的机能逐渐消失。大脑持续萎缩的话，控制手臂和腿部运动的中枢部分也会变小，慢慢进入卧床不起的状态。到那时候，患者就很难按照自己的意识动弹了。

那么在这之前，我们该如何对待他们仅存的想法呢？这个是痴呆症患者家属必须面对的重大课题。

人体内产生的衰老

解剖老年人的遗体时，可以清晰地用肉眼观察到"肉体的衰老"是怎么一回事。当然人和人之间会有差异，但是随着年龄的增长，人体必然会衰老。

解剖时我们一定会取出主动脉。主动脉就是指从心脏左心房发出，由胸腔、腹腔一路向下然后在下腹部分别向左右下肢两个方向延伸的动脉。我们会将取出的圆管形主动脉切开，观察内部情况。随着年龄的增长，会出现部分动脉硬化的痕迹（斑块）以及钙化痕迹。严重的情况下，用剪刀剪开大动脉时，会听到"咯吱咯吱"的声音。

为了检测大动脉的弹性，我们会拿起切取的动脉两端，然后用两手分别向左右两边稍稍拉伸。年轻人的大动脉会伸缩，但是老年人动脉硬化严重的话，几乎没有伸缩性。

另外，从腹部的X光片显示的上下排列的脊椎骨（即脊梁骨）也能看出，随着年龄增长，脊椎骨两端会像刺一样突出，叫做骨疣（俗称骨刺）。但是年轻人的脊椎骨几乎是四角形，没有骨疣。

脑也会衰老。为了把脑取出，首先要剥掉头皮，然后用医疗用电锯把头盖骨锯开，去掉头部上侧部分（颅顶骨）。大家可能以为去掉颅顶骨以后马上就能看到脑部，其实脑部表面还覆盖了一层白色硬膜（硬膜）。用手术刀将硬膜切除，这才能看到和硬膜紧密相贴的脑表面。

大脑表面有弯曲起伏的构造物，被称为"脑回"。脑回之间有凹陷的地方（叫做脑沟）。

观察痴呆症患者的脑部，脑回较细，因此脑沟很大很清晰。由于脑部本身萎缩了，所以头盖骨内侧和脑表面之间有很大的距离。大脑的重量在出生后，会随着年龄而逐渐增长，但是人到老年，神经细胞减少，大脑重量也会减轻。而痴呆症患者的脑部在一定程度上比一般人的更轻。

腐败、白骨化、干尸化尸体的踪迹

经常有身份不明的遗体被送到我们法医学教室。其中有腐败的遗体和白骨化、干尸化的遗体，等等。大多数死者死后过了很长一段时间才被发现。

估计这样的尸体中，痴呆症患者应该占了相当一部分。

据警察厅生活安全局发表的《平成二十七年失踪人口状况》统计，当年接到报案的失踪人数为82 035人。其中70岁以上的老年人占整体人数的20.3％。近几年，每年统计的失踪人数大约保持在8万至8.5万人之间，但是老年人所占比例从2013年开始逐年递增。

此外，关于失踪原因和动机，最多的是与疾病相关，达到18 395人（占整体22.4％），其中患有痴呆症或者有痴呆倾向的人数为12 208人（占整体14.9％），这项数据也在2012年开始统计后逐年递增。

当然以上数据只反映了接到报案的失踪人数情况，考虑到近年独居者人数增加，未报案的失踪人数应该也不少。不管怎样，至少可以确定每年有1万以上的老年痴呆症患者失踪。

老年痴呆症患者有时会在家人不注意的时候跑出去。如果是在家附近的话，邻居熟人可能会帮忙看护。但是如果像前面那名女性一样进入山中……偏离了山路四处徘徊，最终用尽力气，不得不承认，被发现时可能就是白骨化、干尸化的遗体了。

不管在哪里死亡，1周之后遗体就会在一定程度上腐败。气温较高时，若是在室外的话，虫和其他动物的侵食尤为严重，1个月不到，遗体就会白骨化。

发现腐败严重的遗体或者白骨化、干尸化的遗体后，大部分情况下，警察会先怀疑为他杀案件，送到我们教室。

但是由于遗体只剩下皮和骨头等，就算解剖也很难确定死因。

话虽如此，其实这样的遗体中意外地掩藏着很多提示。比如，从骨头形状可以推断性别和年龄等，从长骨（上下肢骨）的长度可以推测身高。

最近，通过从骨头和指甲等采集DNA来确定死者身份的情况变多了。

本来从血液中的白细胞采集DNA是最理想的，因为无核红细胞和液体成分的血浆不适用于DNA分析。不过，死后超过一定时间，遗体里已无血液残留的话，可以利用死者使用过的牙刷、佩戴过的眼镜和鞋内的鞋垫来进行DNA鉴定，因为这些物品上附着着死者的皮肤细胞和汗液，皮肤细胞和汗液中含有死者的DNA，就可以进行身份辨识。

十五六年前，DNA鉴定还只能在大学机构中用大型器材进行检测。现在在警方的科学搜查研究所（科搜研）就能轻松地检测。因此，在我们进行尸体解剖的同时，警方对死者身边的人展开调查，科搜研则进行DNA鉴定。

侵食干尸尸体的虫

解剖死后经过很长时间的尸体，具体能明白什么呢？

在进现在的单位之前，我曾在另一所大学的法医学教室工作，接收过一具干尸化的遗体。干燥的皮肤已经完全发黑，很难想象这个人生前长什么样。

从骨架和身高来推测应该是男性，差不多死后已经过了3个月。

他是在本应无人居住的公寓房间里被发现的。

我将手术刀插入遗体，塞满的皮蠹虫从腹部涌出。据《原色日本甲虫图鉴（Ⅰ）》介绍，皮蠹科恰如其名，因侵食鲣鱼干①，所以才有这个独特的名字。种类各异的皮蠹虫把干燥的动物蛋白及丝绸、毛织品等纤维物质或皮革制品作为食物。尸体干燥以后，就会成为这类昆虫的最爱。

打开干尸化遗体的腹部，脏器已经不见了，取而代之的是填满胸部和腹部的皮蠹虫。这名死者的内脏也是如此，早已被皮蠹虫蚕食殆尽了。

腐败过于严重，或者白骨化、干尸化的遗体的死因很难推断。大多连留有推断死因关键"线索"的内脏器官都不复存在。

此时，诊断陷入极度困境。当我正在解剖时，旁边正在剥头皮的医师自言自语道：

"有出血的痕迹……"

头发脱落的头皮下方，发现褐色的斑点状痕迹。一般头皮下方是白色的，但是这位死者尸体已经干尸化，所以变成了接近黑色的颜色，其中一部分沾着褐色血渍。

首先我们怀疑死者生前是不是在哪里撞到了头部。但是头盖骨没有骨折的痕迹，无法确定是否为外伤性出血。虽然有脑出血的可能，但是已经成黏稠状的脑内并没有发现血块（血肿）。

---

① 皮蠹虫日语写作"鰹節虫"，鲣鱼干则写作"鰹節"，故作者说"恰如其名"。——编者

最终我们的诊断是"死因不明"。就算出血的痕迹是外伤所致，但也无法断定为致命死因。

虽然死因未查明，但是通过解剖所找到的"线索"十分重要。我们将头部出血痕迹记入了该男性的验尸报告。事实上，这一线索之后确实成了警方破案的关键。

遭受暴行的尸体

解剖结束后不久，我们收到了警方关于这具干尸化男性遗体的最新报告。

通过对死者身边的人的调查，找到了一个关键证人。在遗体发现前几个月，他和死者在同一个工地现场一起工作过。据该证人反映，工作开始后两周，该男子身上几乎每天都会出现淤青，这件事在工地上已经成为大家议论的话题。这些淤青不是工伤造成的。这种情况越来越严重，甚至脸上也出现了明显淤青，让人无法置之不理。

据说正在此时，死者无故缺勤，再也没有出现在工地现场。

其实，那些淤青正是他的致命死因。

不要小看淤青。淤青，医学术语叫"皮下出血"。研究表明，体表面积的20%到30%出现淤青的话，有可能引起急性肾功能不全。用比较专业的话说，肌肉受到外部损伤，肌肉会产生具有肾毒性的"肌红蛋白（肌肉里的一种色素蛋白质）"并流入血液中，引起肾功能不全。也就是说，由于遭受殴打、摔打等行为，造成肌肉大面积受损的话，肌肉中的肌红蛋白会流入血液中，可能在数周内会引起肾功能不全，最终致死。

而且这名男性连续两周每天都遭受暴打，自不能去工作以后，大概不用几天就死了。

因为干尸化，淤青已经消失，但是正是解剖时发现的头皮下的出血痕迹，验证了死者生前所遭受的暴行。

之后发现嫌疑人是死者认识的一名男性。据说由于迟迟未能偿还欠债，死者遭受了嫌疑人的残酷暴行。

有一天，嫌疑人不仅殴打死者的手臂和腹部，还用啤酒瓶多次殴打死者头部。殴打大约持续了2周后，死者筋疲力尽，最终死亡。遭受残忍暴行的死者在死前应该已经处于急性肾功能不全的状态了，不仅有强烈的疲惫感，而且也无法正常排尿。

嫌疑犯因故意伤害致死罪而被判刑。

在此次案件中，我们没能通过解剖确定死因，但是解剖中获得的线索在警方调查中起了很大的作用。

不管解剖什么状态的尸体，我们都会尽最大努力。但是确实，死后时间越久，越难准确判断真相。

养老院内的死亡

由于衰老或疾病等而生活无法自理或者无法在家看护，于是选择以"养老院"为主的护理机构的老人越来越多。

现在日本的看护保险机构中，护理老人福利机构有7 551所，护理老人保健机构4 189所，护理疗养型医疗机构 1 423 所（厚生劳动省《平成二十七年护理服务机构及事业单位调查概况》）。

在养老院这种老年人聚集的机构里，死亡随时可能发生。当然，病死占绝大多数。但机构内有时也会发生意想不到的事故或案件，导致入住者死亡，这些情况下，遗体就会送到我们法医学教室。

进餐看护过程中，食物卡在喉咙里噎死。

洗澡看护过程中，在浴缸中溺死。

启动护理机构电动床的躺椅功能，在床上升过程中，头被卡在旁边的栅栏和床垫之间，导致窒息死亡。

这些事故发生时，警察就必须对机构是否要负管理责任进行调查，判断究竟是防不胜防的偶发事故，还是由看护者的疏忽引起的，甚或是看护者故意为之。因此，需要通过解剖查明死因，明确是否涉及违法。

是否对机构中死亡的死者进行解剖，警察会在考虑死者家属意愿的基础上作出判断。由于机构方的应对不妥当或信息提供不充分而引起家属强烈怀疑时，警察会更加谨慎地调查。

这是某机构内发生的事故，据说看护人员正抱起80多岁的女性入住者，打算送她去洗澡的过程中，不小心使她从床上摔到地上。

这名老妇的死因是"颈椎骨折引起的急性呼吸不畅"，由于颈部骨折无法呼吸导致死亡。颈椎里有一条从脑部延伸出来的粗大神经，叫做脊髓（颈髓）。颈椎骨折后，颈髓便出现了功能障碍。因骨折的部位，可能会导致横膈膜无法正常运作，最终引起呼吸不畅。

　　不过，这次事故到底是看护人员的过失还是只是偶发事故，这不是我们能判断的范畴，只能等警方在我们总结的客观事实的基础上进行深入调查。

　　我国一直以来被称作"世界第一的老龄化社会"。截至2016年，我国老龄化率（65岁以上人口占总人口的百分比）在世界主要国家中位居第一。健康长寿是好事，但是长寿的同时，也产生了新的不幸。

　　真心希望老年人们能安稳地度过余生。

【第3章参考文献及网址】

- 总务省 报道资料 统计话题 No.97《从统计看我国老年人（65
  岁以上）》

  http://www.stat.go.jp/data/topics/pdf/topics97.pdf

- 厚生劳动省《关于今后老龄人口的预测》

  http://www.mhlw.go.jp/seisakunitsuite/bunya/hukushi_
  kaigo/kaigo_koureisha/chiiki-houkatsu/dl/link1−1.pdf

- 厚生劳动省《平成二十七年简易生命表概况》/1 主要年龄的
  平均余命

  http://www.mhlw.go.jp/toukei/saikin/hw/life/life15/dl/
  life15−02.pdf

- 厚省劳动省《平成二十五年国民生活基础调查概况》/Ⅳ看护状况

  http:///www.mhlw.go.jp/toukei/saikin/hw/k-tyosa/
  k-tyosa13/dl/05.pdf

- 内阁府《平成二十六年版老龄化社会白皮书》/平成二十五年
  度老龄化状况以及老龄化社会对策的实施状况/第1章　老龄
  化状况/1老龄化的现状和未来展望

http://www8.cao.go.jp/kourei/whitepaper/w-2014/zenbun/pdf/1s1s_1.pdf

- 厚生劳动省《平成二十六年版厚生劳动省白皮书 实现健康长寿社会—健康及预防元年—（本文）》/第1部 实现健康长寿社会—健康及预防元年—/第2章 关于健康状况与意识（43–131页）

  http://www.mhlw.go.jp/wp/hakusyo/kousei/14/dl/1-02-1.pdf

- 厚生劳动省《痴呆症实施对策推进综合战略（新橙色计划）—关于创造老年痴呆症宜居地区》

  http://www.mhlw.go.jp/file/06-seisakujouhou-12300000-Roukenkyoku/nop1-2_3.pdf

- 朝日新闻数据《〈理解建立在努力看护之上〉JR痴呆症诉讼的死者家属》（2016年6月12日发布信息）

- 大塚洋辅、西尾元等著《日法医杂志》第70卷P.85（2016年）/《观察研究法医解剖的痴呆症病史者》

- 警察厅生活安全局《平成二十七年失踪人口状况》

  http://www.npa.go.jp/safetylife/seianki/fumei/H27yukuehumeisha.pdf

- 《原色日本甲虫图鉴（Ⅰ）》编著者 森本桂、林长闲/保育设/1986年

- 厚生劳动省《平成二十七年护理服务机构及事业单位调查概况》/机构及事业单位的状况

  http://www.mhlw.go.jp/toukei/saikin/hw/kaigo/service15/dl/kekka-gaiyou.pdf

第4章 死后的不平等

人死后会变成什么样

假如你现在即将面临死亡。

你想象过死后身体会如何变化吗？

"死亡"意味着"心脏停止跳动"。全身血液当然也会停止流动。无法循环的血液会随重力在血管内移动，聚集到身体低处。

若是平躺着死去的，血液就会集中在背部，就像皮下出现了大块看不见的淤青一样。死后不到1个小时，从皮肤外侧就能清楚看到聚集的血液，也就是所谓的"尸斑"。死后经过四五个小时，血液会漏到血管外，血红色就会沉淀在出现尸斑的部位，一般是在脂肪等皮下组织，然后色素慢慢固定。经过8到12小时，红色沉淀完全固定下来，之后就再也无法移动了。

我们解剖过程中，会用手指确认尸斑的颜色是否完全固定。尸斑刚开始出现的时候用手指按压，颜色会随之消

不平等的尸体　　　071

失，这是因为血管内的血液还未固定，所以用手指按压的部位血液能在血管内移动。相反，如果血液已经沉淀在血管外的组织里的话，用手指按压颜色也不会消失。根据长年经验，用手指按压尸斑，看颜色消失状况，就能大概推测死者的死亡时间。

比如，死者躯干部分，背部和腹部都有尸斑的情况。尸斑是不会违背重力原理出现在身体高处的，所以可以推断，在血液向血管外组织开始沉淀但还可以移动的数小时内，尸体应该被翻动过。

如果是他杀案件，尸体中途被翻过，这多半是只有犯人才知道的线索，可以用来印证所谓的"暴露秘密"[1]。如果犯人招认，杀害死者后5到7小时内改变过尸体的姿势，这可能会成为破案的有力证据。

我们把身体两面都出现尸斑的现象叫做"两侧性尸斑"。

比如，虽然死亡时是面朝下倒地的，但是死后5到7小时内由于某种原因遗体变为仰面朝上，两侧性尸斑能显示出这种死亡时和尸体被发现时的状态变化。有时，在自己家中趴着死去的死者被家人发现以后，家人会将其面朝上翻过来，若时间正好处于这个时间段的话，死者身体腹部和背部两侧都会出现尸斑。这类案例中，通过两侧性尸斑能更准确地推测死亡时间。

有时也能根据尸斑颜色断定死因。"氰化物中毒"或"一氧化碳中毒"等情况下，血液颜色会更鲜艳（被称为

---

[1] "暴露秘密"：在刑事案件等中，嫌疑人在审讯过程中透露只有真凶知道的案件细节进而招供的行为。——编者

"鲜红色"），尸斑颜色也会更红。另外，大约10年前在自杀遗体上屡次诊断出"硫化氢中毒"，尸斑接近绿色。尸斑的颜色就是血液的颜色，红细胞里的血红蛋白和不同化学物质结合会呈现不同的颜色。血红蛋白和一氧化碳以及氰化物结合会变成鲜红色；和硫化物结合会变成接近绿色的颜色。

虽然尸斑对于判断死因非常有用，但是在解剖全身刺青或者黑人留学生的遗体时，我曾碰上辨识困难的问题。

刺青，特别是日式刺青，尸斑容易和刺青图案的颜色混淆，因而很难判断尸斑在哪里、呈什么颜色。另外，黑人留学生皮肤本身是褐色的，所以一眼看去很难判断到底有没有出现尸斑。到现在为止我读过的法医学教科书里，都没有针对这样的情况所作的阐述。这足以说明在解剖现场实际接触尸体是多么重要。

本章我会以死后发生的事情为中心进行阐述。对于这些事情背后所存在的不平等的"等级差距"，我也会加以说明。

推定死亡时间

"死后僵硬"是死后肉体变化的代表之一。

人死后由于肌肉发生化学变化，关节会变得难以活动。当然，死者本人是不会活动关节的，会活动关节的是我们法医解剖医。死亡后，一般是按照下巴、颈部、肩部、手肘、手腕、手指、大腿、膝盖、脚腕、脚趾的顺序，从上往下每个关节依次僵硬。不到半天时间，所有的关节都会变得硬邦邦的。我体重80公斤，就算使出全身力气试着用手拉开尸体手肘的关节，尸体也纹丝不动。

法医学现场，会记录各个关节的僵硬程度，因为根据其僵硬程度可以推测出大概的死亡时间。手肘关节已经完全僵硬，但手指关节还能弯曲，这一阶段大约是死后6个小时左右，非特殊情况下多半不会超过半天。这样的预测应该是站得住脚的。

尸体完全僵硬以后，再过1天左右的时间，会慢慢"缓解"。死后经过3到4天，尸体就会软化，回到绵软无力的状态。

不过，这样的变化完全是肌肉的化学反应，所以肌肉越多的人僵硬程度越严重，肌肉较少的老年人僵硬程度就会较轻。而且如果是气温较高的夏天的话，尸体的化学反应更快，会更早出现僵硬，冬天则相反。如果是运动过程中猝死的话，因为肌肉处于运动状态，所以僵硬现象会提早出现，也会更严重。

也就是说，尸体僵硬程度受死者本人身体素质和环境影响。所以根据僵硬程度推测出的死亡时间都是概数。

另外，死后体温的变化相比尸斑和尸体僵硬程度，受影响的因素较少，如果能在死后较早阶段测量的话，能有效推测死亡时间。

第2章中已经介绍了，人死后体内停止产热，所以体温会下降到和周围温度持平。比如，外界温度是22℃，如果遗体直肠温度是23℃的话，那说明体温基本处于完全下降的状态。

当然，体温下降速度也和遗体所处环境以及死者体格有关，一般标准条件下，大概1个小时下降1℃不到一点。季节的气温变化也是一大考虑因素，不过一般在体温完全下降前，能够在一定程度上推测死亡时间。

"尸斑""尸僵""体温下降"在法医学中被称为"早期尸体现象"，作为死后较短时间内肉体会出现的现象，是搜查过程中的重要线索。

某人在公寓房间内悄然过世。背部出现了尸斑，用手指按压尸斑已完全无法移动。外界温度为15℃，直肠温度为25℃，到脚趾关节为止全身已经严重僵硬。从这些早期尸体现象来考虑，可以推测出死者死亡时面朝上平躺，并且死后大约已经过了半天时间。

在第2章、第3章中提及的"腐败""干尸化""白骨化"等一眼可见的现象则被称为"晚期尸体现象"。这些现象和气温、湿度、通风情况等各要素密切相关，所以只能靠长年经验，结合遗体的损伤程度来判断死亡时间。在这个意义上，尸体越早发现越好。通过早期尸体现象来推断死因和死亡时间会相对容易一些。

通过观察这些肉体在死后的变化查明死因，就是我们法医学者的"日常工作"。

日本"法医解剖"的实际情况

法医学教室解剖的遗体一言蔽之，就是"非正常死亡尸体"。除了死后直接被医生诊断为"病死"的遗体以外，外因引起的死亡或死因、死亡状况不明的遗体，也就是死亡方式异常的遗体，都属于非正常死亡尸体。即使是在医院死亡，只要被判断为非正常死亡，有时就需要医生按非正常死亡案件报案。接到报案的警察首先要检查尸体，即所谓现场验尸，然后决定是否有解剖的必要。

在日本，以2013年为例，共发现以及接到报案的非正常死亡尸体数169 047具（交通事故相关的死者、东日本大地震的受害者除外）。其中，明显由犯罪引起死亡的"犯罪尸体"有514具，可能与犯罪有关的"可疑尸体"有20 339具（警察厅汇总）。警察通过现场验尸断定具有犯罪性或有涉及违法行为嫌疑，需要解剖尸体的话就会委托大学法医学教室进行"司法解剖"。

说到法医学，大多数人会以为只负责司法解剖，实际上，我们负责解剖的遗体中，在发现时已确定有涉及违法行为嫌疑的并不多。2013年警察接到报案的尸体中，占多数的是无涉及违法行为嫌疑但死因、身份不明的尸体，有148 194具。

对于这样的尸体在判断其需要解剖的情况下，会作为"调查法解剖"或"许可解剖"，委托各地区的大学法医学教室进行解剖。在一部分地区（东京都23区以及大阪市、神户市），会委托名为"监察医"的组织进行"监察医解剖"。

"监察医"这个词经常出现在电视剧里，容易和大学法医学教室混淆，但是在监察医组织，原则上不解剖有涉及违法行为嫌疑的尸体。他们主要负责解剖有传染病、中毒可能的尸体以及可能是灾害遇难者的遗体等，总而言之，是没有涉及违法行为嫌疑的非正常死亡尸体。监察医组织是以查明这些尸体的死因、提高公共卫生为目的而设立的组织。

实际上，在大学里，除了法医学教室，还有其他可以进行解剖的地方。下面说明一下大学中会进行的解剖的种类。大学负责以下3类解剖：

1）**系统解剖**　为了让学生学习解剖学而进行的解剖。由解剖学教室负责。

2）**病理解剖**　为了对医院里的死者的诊断进行确认、调查治疗效果的解剖。由病理学教室负责。

3）**法医解剖**　以犯罪调查和查明死因为目的进行的解剖。由法医学教室负责。

其中我负责的是第3类的解剖，即法医解剖。

每年警察接到报案而必需处理的尸体超过16万具，警察会根据必要性委托法医进行"司法解剖""调查法解剖""许可解剖"或"监察医解剖"，努力查明死因。但是解剖率依旧不够高。

据警察厅统计，2015年警察负责的尸体共162 881具。其中，经司法解剖的遗体8 424具、经调查法解剖的遗体2 395具、经许可解剖和监察医解剖的遗体9 302具，共计20 121具，解剖率达12.4%。与前一年的11.7%相比稍有增长，但是和其他发达国家相比，这个数值相当低。

曾经发生过保险金相关杀人案件被漏查的事件，不过不是在我们大学的管辖地区，而是在关西某个地区。

案件刚曝光时，没有对被害者的遗体进行解剖，在后续搜查中才发现这是一起杀人案件。仅警察厅掌握的情况，这样的"遗漏犯罪案件"1998年以来共有45起。其中41起遗体未被解剖，只是通过现场验尸或科学搜查研究所进行了调查，对死因或是否具有犯罪性作出了错误判断。（顺便提一下，其中通过查询保险金就能确定存在他杀可能性的案件有12起。）那警察厅未掌握的案件究竟有多少呢？考虑到解剖率只有12%，想想那些"未被揭发的案件"，让人后背发凉。

近年，日本所有的法医学教室负责的法医解剖数都在增加。其原因之前也有所阐述，独居者增加，使得死亡时状况不明的非正常死亡尸体增加，这与解剖数增加有很大关系。事实上，我们法医学教室一年中负责解剖的尸体数约是10年前的2倍，其中2015年共320具，换句话说，几乎每天都要解剖一具尸体。

围绕解剖率的"不平等"

就算解剖请求增加，有资格运用法医学进行解剖的法医人数不增加，那也于事无补。全国一共有约80所法医学教室，据称，在这些教室工作的法医最多150人。这个数字可以说和国家特别自然纪念物、濒临灭绝的物种"西表山猫"的推算存活数差不多。和日本心血管内科以及消化科的医生人数相比，法医学从事者只有其百分之一左右。

正因现状如此，各都道府县中，不少地方负责解剖的大学只有1所，大学中负责解剖的法医只有1名。全日本的解剖率难以提高也就不足为奇了。

虽说解剖率有所上升，但是各都道府县之间，解剖率存在严重的"不平等"。

2015年度解剖率最高的是神奈川县，达到39.2%；解剖率最低的是广岛县，只有1.5%（警察厅调查）。我们大学所在地兵库县解剖率为33.4%，仅次于神奈川县。这主要归功于负责解剖的兵库县两所大学以及神户市监察医组织，每天负责了大量的解剖工作。

换句话说，再怎么重视解剖率低的问题，如果当下最现实的负责解剖大学和解剖法医的数量问题不解决的话，很明显在劳动力上会受到很大限制。

其实大学医学部中对法医学表现出兴趣的在籍学生意外地多。

以我们大学为例，大多数大学医学部会为学生提供分配到临床系以外的基础系教室的机会。调查学生们的分配意愿后发现，越来越多的学生希望分配到法医学教室。

我就职的大学以成绩高低排序来决定大家的分配教室，所以能进法医学教室的基本都是成绩优秀的学生。但是，他们毕业后基本都不打算成为法医。相比其他基础系教室，法医学教室里需要学习的内容更好应付，同时也能体验一回何为法医解剖，学生们大多抱着这样的想法进入法医学教室，但最终还是选择成为临床医师。对于这样的个人意愿，我并没有抱怨的意思，但是不得不说，现状便是，没能将法医学所代表的社会意义准确到位地传达给学生们，这存在很大问题。

无论今后世间如何变化，法医解剖都不会成为无用的东西。只要有卷入犯罪事件的死者，或是出现死因不明的非正常死亡，如果没有具有专业医学知识的专家诊断死因和受伤情况等，那我们生活的社会将无法正常运行。所以培养对法医学感兴趣的青年医师刻不容缓。

受警方判断影响的死亡

那天，从警方处接到解剖一名30多岁的女性遗体的请求。被告知这次是许可解剖，我们的心情稍微轻松一点。因为许可解剖不同于司法解剖，没有死于犯罪行为的嫌疑，所以解剖只要以查明死因为重点就可以了。而且，许可解剖是在获得死者家属许可的前提下进行的，对于死者的身份以及身边情况等信息都已经有了基本把握。

婚礼举行后仅过了两周时间，刚结束新婚旅行回来不久，这名女性就去世了。据说她是回到家中的第二天突然死亡的。

据其丈夫反映，前一天晚上妻子并无异常，第二天早上起床后，发现她倒在自家的走廊上，已经没有了呼吸。

据闻，该女性死者有高血压病史。但是，她究竟为什么在走廊倒地身亡，而不是在卧室呢？死因不明。从死者有高血压病史这点来看，警察认为死因可能是病死，于是在取得丈夫的同意后要求进行许可解剖。

进入解剖室，看到解剖台上横躺着的女性遗体的瞬间，我就感觉有些不对劲。很难用语言说明，但是总觉得哪里不自然。

除了后脑勺有小块撞伤，身体其他部位未发现明显外伤。唯一让人在意的是，她后颈部中间有两处轻微的抓伤。

再次观察她的脸部。

"原来如此……"

我终于明白哪里不对劲了。她的脸部红得有些不自然。血液很可能在头部和脸部积留了，有明显淤血。检查结膜（眼睑内侧）发现几处红点。这些红点被叫做"出血点"，上吊自杀等突然死亡的情况下，皮肤和黏膜等处就会出现这样的点状出血。

之后切开尸体的颈部、胸部、腹部的皮肤，确认皮下组织的状态，在颈部左右两侧肌肉前面，发现了几处红豆大小的出血点。

此时我停止了解剖，因为这具尸体无法再继续进行许可解剖。我告诉在场的警察，这次解剖需要办理司法解剖手续。

我们负责司法解剖前，必须先取得"鉴定处理许可书"，也就是所谓的法院发放的"尸检委托书"。这相当于刑侦电视剧里搜查别人住宅时，警察拿出的搜查令。因为一旦判断死者的死有可能是犯罪造成的，案件中的遗体就成为一种"物证"，解剖这件证据是需要委托许可书的。同时，还需要取得警方发放的"鉴定委托书"。这份文件上详细记录了警方要求调查的信息，比如死因、死后经过时间，还有死者大致年龄和是否服过毒等。

言归正传，在确定了颈部肌肉前有几处红豆大小出血点后，我判断"这是一件他杀案件"，或者"至少是一起有他杀嫌疑的案件"。事已至此，在没有法院许可的前提下，我认为继续破坏遗体是不恰当的，因为这具遗体已经成为杀人的证据了。

杀妻之夫

从结论来讲，这位女性死者是被人用双手掐住脖子（颈部），窒息死亡的。

"压迫颈部"在日本是杀人方法中最普遍的一种。因此，法医学中，对颈部压迫导致窒息死亡的遗体的特征会进行详细的教学。这位女性身上就保留了多处特征，脸部的淤血、结膜处的多处出血点、颈部的皮下组织出血，等等。

如果只是脸部发红、结膜处有出血点的话，有可能是其他会导致突然死亡的疾病所致，所以仅凭这两点很难判断是否为颈部压迫导致的窒息死。但是，这位女性死者身上发现了其他颈部被压迫过的痕迹，包括颈部的皮下组织及舌根部出血，这样就毋庸置疑了。

一般来说，人就算想把自己掐死，也会因为中途失去意识而无法继续压迫颈部，因此实际上是不可能的。而且，这位女性死者的后颈部有抓痕，可以推测，这是加害者用手指掐被害者脖子的时候，用手指或指甲弄伤的。这无疑是他杀案件，至少可以确定为有他杀嫌疑的案件。

那么，究竟是谁对这位新婚不久的女性下此毒手呢？调查结果令人咋舌，加害者竟然是同意解剖尸体的死者丈夫。据说那天晚上，夫妻二人因为琐事而争吵，丈夫没忍住将妻子掐死了。

警方进行现场调查时，发现室内没有外部闯入的痕迹。新婚燕尔，难以想象丈夫会亲手杀害自己的妻子。综上所述，警方判断这是幸福家庭发生的不幸的意外，妻子可能是病死的，因而请求进行许可解剖。

但是，如果死者丈夫——这起案件的犯人——不同意解剖，直接把遗体送去火葬的话……这名女性的死可能将永远被当作不幸的意外埋葬在黑暗之中。为了调查死者到底是被谋杀、意外死亡还是病死，需要由警方判断进行哪种解剖。根据警方的不同决定，可能会产生完全不同的结果。

最常用的杀人方式

根据我们法医学教室2003年到2012年间调查，最常用的杀人方式是"压迫颈部"。自杀死亡的死者中，约三分之一是上吊，在日本大多数人首先考虑的蓄意谋杀方式则是"压迫颈部"。

法医学中，通过压迫颈部致死的方法，有3种明确的分类。

1）缢颈　利用自己的体重，用固定好的绳子等上吊的方式。

2）绞颈　用绳子等带状物体（鞭状物）勒住颈部的杀

人方式。

3）扼颈　相对于绞颈，用手指压迫颈部的杀人方式。

缢颈一般作为自杀手段。用这种方法致死的情况，法医学中不叫"上吊"，而称作"缢死"。

相对的，绞颈和扼颈一般用于他杀，用这两种方法杀人致死，分别称为"绞杀"和"扼杀"。之前所述的案件中，那名女性死者就是被扼杀的。

不管是缢颈、绞颈还是扼颈致死的遗体，颈部大多残留有被压迫过的痕迹。如果是用绳子绞死的话，皮肤上会清晰地留下绳子的勒痕；用手掐住脖子致死的话，会留下手指形状的红色痕迹。一旦留下痕迹，就算过一段时间也不会消失，能明确地显示杀害死者的"凶器"是什么。

这里，我想问各位读者一个问题：为什么压迫颈部会使人死亡？

"因为无法呼吸，窒息而死。"

这个答案是正确的。

不过，压迫颈部致死的真正原因，有一个比使人无法呼吸影响更大的因素，那就是让血液无法流入头部，即使人脑部缺血。

脑部是一个经受不起缺氧的器官，一旦停止供氧达数分钟，神经细胞就会死亡。给脑部输送氧气的是从心脏到脑部的血管（动脉）。用手指摸一下颈部左右两侧，能感受到扑通扑通的脉动。颈部左右两侧各有一根粗壮的动脉，颈部被压迫时，这两根动脉中的血液无法完全通畅地流动，脉动就会停止，于是氧气无法被输送到脑部，最终导致死亡。

补充说明一下，颈部被压迫过的遗体，脸部会变红。压迫颈部时，血液流动容易停止的不是动脉而是静脉。因为动脉壁很厚，静脉壁则很薄。静脉被压迫的话马上就会凹陷，血液停止流动。但是要让颈部左右两根动脉的血液完全停止流动，需要相当大的力气。因此，颈部被压迫时，动脉血液只是无法正常流动，但并没有完全停止，而静脉血液流动几乎是完全停止的。

也就是说，从心脏到脑部还持续着少量的血液供给，但是从脑部流回心脏是通过静脉的，已经完全停止。因此，血液积留在脑部、头部，变成红色。

因压迫颈部致死的遗体在口腔和臀部也容易出现明显特征，所以我们一定会检查这两处。

首先是口腔。由于颈部被压迫，舌根也会受到强烈压迫，所以舌尖大多会比上下牙齿的位置（齿列）更向前伸出。解剖时，日本所有的法医学教室应该都会对舌尖和齿列的位置关系进行记录。如果舌尖比齿列向前伸出的话，结合遗体被发现时的状况，必须怀疑死者是否有颈部压迫致死的可能。除了颈部压迫以外，烧死或肺炎等疾病引起的死亡，也会出现相同的状况。

另外，颈部压迫而引起窒息死的遗体，有时会出现失禁或排便现象，需要进行确认。这是因为在压迫颈部导致窒息的过程中，会引起肌肉痉挛，同时还会刺激交感神经导致血压上升。警察在现场验尸过程中大多会脱掉死者的衣服，所以解剖时遗体一般处于裸体状态。这样就很难清楚判断尸体在发现时是否有失禁排便的情况，只能询问遗体发现现场的警察。

药物中毒检测的"不平等"

还记得2014年媒体大肆报道的"氰化物连环杀人案"吗？这起氰化物导致的连环非正常死亡案件中，大阪、京都、兵库、奈良等4个府县的警方联合搜查，最终逮捕了居住在京都府的女嫌疑犯。

该女子在婚介所认识了多名单身老年男性，用氰化物将他们一个个杀害，因此嫌疑而被逮捕。由于和老伴生离死别，这些老年男性倍感寂寞孤独，该女子便乘虚而入。这样的手段引起了社会的关注。

这起案件最初被察觉是在2013年。在对京都府自己家中身亡的75岁男性进行司法解剖时，从他的胃和血液中检测出超过致死量的剧毒氰化物。

之后对这名男性死者的妻子周边的人际关系进行调查时发现，她此前和大阪、兵库等地多名老年男性有联系，这些男性的死都有些蹊跷。据媒体报道，死者人数至少高达8人。而且，其中2名男性居住在兵库县内，这正是我们负责解剖的地区。

看到这篇报道时，我不禁后背发凉。到目前为止，我记得从来没有在验尸报告死因栏处记录过"氰化物中毒"。难道我在解剖非正常死亡的男性遗体时没能检测出氰化物中毒，诊断错误了？

第二天，我一到大学就急忙翻看过去的解剖记录，但是没找到此案件被害者的解剖记录。也就是说，我们管辖区域的两名被害者的遗体，根本就没有被警方送来进行法医解剖。

恐怕警方根据死者死亡时的情况判断，认为没有他杀嫌疑，将其作为"病死"处理了。残留在遗体体内能够证明氰化物中毒的证据也一并在火葬中被销毁了。

"如果最初（1994年）被杀害的被害者能通过解剖诊断出氰化物中毒的话，之后也许就不会出现别的被害者了吧。"

我的脑海里浮现出了这样的想法。但是回过头来想想，如果尸体被送到我这里，我能准确地判断出氰化物中毒吗？

法医学解剖中经常进行药物中毒检测。司法解剖中，被警方委托希望调查的项目中基本都会有"药物浓度"这一项。

服用药物中毒，因药物副作用而死亡的情况下，一般很少会出现能通过解剖发现的特征。"有机磷中毒"的遗体会出现瞳孔缩小的特征，这是极少数的例外。死者是否为药物中毒而死，光靠观察外表和内脏器官是无法作出诊断的。除非通过血液和尿液分析实实在在检测出毒药，否则很难判断死因为药物中毒。

根据以往的中毒致死事件的分析结果，可以得知大多数药物在血液中的致死浓度。只要对解剖时采集的血液进行分析，就能查出血液中含有何种药物，所含浓度又是多少。将其与已掌握的致死浓度进行比较，就能判断死因是否和药物中毒有关。

但是，诊断"氰化物中毒"尤其困难。由于其检测极其特殊，所以如果没有怀疑是氰化物中毒的话，一般不会进行氰化物中毒的相关检测。到昭和中期[①]为止，由于工业用氰化物能轻易入手，据说经常被作为自杀手段。但是，现在几乎没有用氰化物自杀的案例，我也没有解剖氰化物中毒的遗体的经验。如果没有特别的原因怀疑死因是氰化物中毒，是不会特地去检测的，最终导致很难诊断出氰化物中毒，这确实是实情。

通常，如果怀疑是药物中毒的话，我们会采集遗体的血液、尿液以及胃中残留物进行检测。最近，会用一千多万日元一台的专业仪器"质量分析器"来进行分析，确认各个成分的含量。因药物种类的不同，有时也会用气相色谱仪（调查容易气化的化合物种类及浓度时使用的分析仪器）来进行分析。

能用质量分析器检测出成分的有兴奋剂和安眠药等，在日本是检出率较高的药物。不过，并不是日本所有法医学教室都引进了这种高价仪器。

我们教室是几年前引进的。如果是司法解剖案例，那么所有病例都会用质量分析器进行药物检测。但是其他类型的解剖需考虑费用及分析人员的安排，并不是所有案例都会进行药物检测。

---

① 昭和中期：1960 年前后。——编者

那京都的这起案件中，大概有什么线索令人怀疑是氰化物中毒。比如，一般胃内会因胃酸呈酸性，但是氰化物在水溶液中会呈现强碱性，因此，呕吐物等可能会呈现强碱性。另外，和冻死病例一样，血液中所含的血红蛋白和氰化物所含氰酸根强烈结合后，氰化物中毒的血液也会呈鲜红色。也许负责解剖的医师正是注意到了这样的情况才怀疑是氰化物中毒。

就算未诊断出氰化物中毒，只要进行了解剖，负责解剖的大学大多也会在解剖时采集血液保存。

"'氰化物连环杀人案'犯罪嫌疑人某某（68岁）被再次逮捕。通过采访相关搜查人员知晓，与其正在交往的男性死者胃的内容物检测出氰化物反应。口腔内和食道中未出现氰化物引起的溃烂。该男性在驾驶摩托车行驶数分钟后摔倒，所以极有可能是服用了含氰化物的胶囊。大阪府警方强调他们认为死者是在驾驶摩托车数分钟前被投喂氰化物的。

"据相关搜查人员反映，正与犯罪嫌疑人处于交往关系的无业者某某（当时71岁）系大阪府贝塚市人，于2012年3月9日傍晚，在大阪府泉佐野市区驾驶摩托车的过程中摔倒，送往医院不治身亡。对遗体进行司法解剖的大学所保存的血液中，检测出达致死量2倍的氰化物。从胃的内容物中也检测出了残留的氰化物。"（2015年1月31日发布信息，《每日新闻》。文中匿名部分在原报道中是实名的。）

2012年，被犯罪嫌疑人杀害的这名男性接受了尸体解剖，当时死因诊断为"突发性心脏停止而导致的病死"。但是，由于京都案件的判明，对当时保存的死者血液进行了再次鉴定，检测出超过致死量2倍的氰化物。只要留有血液，哪怕解剖后经过了一段时间，还是有可能推进案件的搜查。

但是，我们管辖区域死亡的受害者由于当时没能进行解剖，连用来再鉴定的血液都没有，所以没办法做药物中毒检测，也就无法确定死因为氰化物中毒。

最终犯罪嫌疑人只被指控与4起杀人案件有关，剩下的4人由于"死因判断为病死，调查了当时的死亡记录后，无证据证明死者为氰化物中毒"（2015年11月6日发布信息，《读卖ONLINE》），所以不能作为杀人嫌疑起诉，只能停止调查。

2015年11月各大报社报道，受京都、大阪等地发生的这起氰化物连环杀人案影响，警察厅明确表明，从2016年度开始实行新方针，警方负责的所有尸体都要进行药物中毒检测。现在，全国警察都配备了检测工具，用来检测采集的血液中是否含有氰化物等药物成分。

虽然作为"最初的案例"在查明时会遇到困难，但是作为以后可以共享的参考案例，有时也会帮助完善现有的解剖制度。

胃内容物给予的信息

我想稍微提一下法医解剖时所涉及的胃内容物的检查。

如果你感觉胃部不适去医院检查的话，通常医生会检查胃黏膜。用内视镜观察黏膜状态，确定是否有胃溃疡或者胃癌。

　　我们法医解剖医也不是不观察胃黏膜。比如，我曾解剖过服用止痛药后引起胃黏膜急性出血而死亡的遗体。这样的情况就要检查胃黏膜上出血的血管。另外，冻死的遗体胃黏膜可能出现极具特征的出血现象。这种被称作"豹纹"的出血形态在不是冻死的尸体体内几乎是看不到的，但也不是所有冻死者体内都会出现这样的症状。所以说，有时观察胃黏膜对于判明死因也会有帮助。

　　但是比起胃黏膜，我们更关注胃里的残留物，也就是所谓的内容物。胃里有什么东西、有多少？如果是食物的话，是什么、被消化到什么程度？通过确认这些信息，可以推断从最后一次进食到死亡过了多久。

　　关于胃内容物的消化程度，最直接明了的方式就是观察米粒状态。作为米粒消化程度的基准，我们会大致记录米粒的重量和长度等。

　　不要切开胃和十二指肠、胰脏，将其整体取出，放在观察台上。用剪刀剪开一部分胃拍照取证，然后用金属勺将胃中的残留物全部取出，移至烧杯中，记录内容物的量。如果内容物超过700毫升，就算是相当多的了。

　　服用过量药物自杀的人，胃中可能发现大量药片。根据服用药物的种类不同情况会有区别，一般而言，是处方药的话，不达到相当大的药量是不会中毒的。有的死者胃中有100多粒药片，或者白色粉末状药剂聚集成拳头大小的块状。通过分析胃内容物，就有可能查出死者服用了什么药，此药是否为直接死因，以及死者从何处获得此药等信息。

以前解剖时，在死者胃中发现过空的PTP包装（用于将药片单枚分开包装的铝箔和塑料制包装）。我记得死者是老年痴呆症男性患者，误将处方药和包装一起吞下了。

误食的PTP包装如果直接排泄出来的话，这也就只算个小失误。但是，这位男性死者的死因是胸腔内的"脓疡"。脓疡就是脓肿。应该是PTP包装的尖角刺进了食道黏膜，然后在吞食饭菜的过程中，尖角在食道黏膜上拉开了一个口子。

食道内侧（即有黏膜的一侧）和口腔相连，与体外相通，所以全是细菌。食道外侧是心脏和肺等所在的胸腔。胸腔本来处于无菌状态，但是如果因为某种原因食道开了一道口子的话，这个无菌空间就会被细菌侵入。

这位男性死者就是因重度感染而死的，解剖时发现的PTP包装弄伤了食道黏膜，致使细菌进入了胸腔，这一可能性极高。但是胸腔内的脓肿要严重到致死程度，需要数日。所以有可能死者在这之前也曾误食过PTP包装，食道黏膜上已经有伤，很难说没有这样的可能性。

胃虽然只是一个内脏器官，但是隐藏着许多信息。我们的工作就是一一确认这些信息并查明死因。

【第4章参考文献及网址】

- 警察厅刑事局《司法解剖的实施》（平成二十六年6月11日）
  http://www.npa.go.jp/yosan/kaikei/yosankanshi_kourituka/
  26review/pdf/26-22sannkousiryo.pdf
- 朝日新闻数据《遗体解剖率微增 都道府县警方大差异》
  （2016年2月27日发布信息）
- 警察厅《警方推进死因查明等》（平成二十四年11月16日）
  http://www8.cao.go.jp/kyuumei/investigative/20121116/
  siryou2.pdf
- 北野圭吾、西尾元等著《兵医大医会杂志》第39卷P.77-81
  （2014年）/《研究阪神大地震期间他杀案件解剖》
- 上吉川泰佑、西尾元等著《兵医大医会杂志》第40卷P.65-68
  （2016年）/《研究兵库医科大学法医学教室负责的自杀案例》
- 日本经济新闻《警察厅将对所有尸体进行药物中毒检测 自氰化
  物连环杀人案后的2016年度开始》（2015年11月13日发布信息）
- 读卖ONLINE《氰化物连环杀人案、终止搜查……府县警》
  （2015年11月6日发布信息）

第5章　解剖台前

第一次遇到的病例

我也是到了现在，站在解剖台前接触遗体时，心中才有一定把握。刚开始工作的时候，要记的东西太多，每天除了解剖就是学习，能把教科书里学到的知识完全转化成自身可以灵活运用的本领，需要相当的经验积累。

本章稍稍偏离不平等的"等级差距"这一话题，来聊一聊法医学的日常。从事如此特殊工作的我们，每天工作的时候在想些什么？读者们对这些有所了解的话，就能明白我为什么会写这本书来记录"死亡与不平等"。

之前已经提及过，我们教室不会像普通医院那样突然接收到急症病人。一般接到警方联系时，会对接下来要送到的遗体情况有一定了解。所以，年轻的时候，我经常在进解剖室前翻看读过的教科书或专业书籍，确认本次解剖可能出现的死因的特征。

就算如此，也会碰上从未遇到过的罕见病例。

那是刚开始解剖工作不久发生的事。那天，被送来的是在妇产科产后突然死亡的20多岁的女性。负责分娩的产科医生在死亡诊断书上记录的是"病死"。但是死者家属怀疑是分娩过程中的医疗事故，最后决定申请进行许可解剖。

　　这位女性死者的主解剖医师是我当时的上司，相当于是我的教授。我作为解剖助手参加了那场解剖。解剖前，我以"分娩后"的"突然死亡"为关键词，认认真真反反复复翻阅了妇产科书籍。但毕竟是第一次碰到与分娩相关的死亡病例，应该考虑哪些死因、解剖时必须检查什么、哪些关键信息不能遗漏等，我可是提心吊胆的。

　　妇产科给出的死因是"羊水栓塞"。具体来说，就是由于某种原因导致子宫内的羊水流入母体血管内，羊水所含成分堵塞肺等内脏器官，从而引起严重症状。

　　"栓塞"是指妨碍血管中血液流动的异物。羊水中含有胎毛、头发、皮肤细胞、排泄物等，这些胎儿的一部分堵塞了母亲的血管。虽然很少发生，但最坏的情况是会在分娩中以及分娩后引起呼吸停止或心脏停止等严重症状。

　　最终，这名女性的死因和当初诊断的结果一致，确实是"羊水栓塞"。解剖遗体后，用显微镜观察肺等内脏器官时，发现比较细的血管内被胎毛和皮肤细胞堵塞了。这正是导致她死亡的原因。结果很令人痛心，这位母亲是用自己的生命产下了自己的宝宝。

　　据说我当时的上司在此之前也只碰到过一次类似的解剖病例。送来法医学教室的遗体虽然都是"非正常死亡"，但是死因却是千差万别。

大口医院中发生的连环点滴中毒致死事件

现在我进解剖室时，不会像以前那么紧张慌乱了。因为接触了成百上千具尸体后，对于大多病例都有解剖经验。但是想到"随时可能送来一具意想不到的遗体"，我心中某处始终保留着一份紧张感。

2016年9月，位于神奈川县横滨市的大口医院，发生了谋杀案件。凶手将异物混入两位住院老年患者的点滴内，将其杀害。

这起案件中，被认为混入点滴的异物是"苯扎氯铵"。这是一种用于医用消毒剂等的表面活性剂，也就是消毒肥皂的成分。这种成分被认为是导致两位患者死亡的元凶。

如果以前没有发生过类似案例的话，就很难判断死因是否和被注射的药物有关。我们会将死者的血液用专门的分析仪器检测，检测被投入的药物在血液中所含的浓度是否达到以前的报告中记录的致死量，这是诊断该药物是不是死因的必要方法。哪怕过去有使用同样药物致人死亡的先例，如果不能检测出本次的实际药物浓度，那也很难作出诊断。

就这起大口医院的案件而言，"苯扎氯铵中毒致死"这个真正的死因就算被忽略也不足为怪。据报道称，在这两名死者之前，同年7月到9月期间，该医院内有48名患者死亡。

其中有多少人是"病死"，有多少人是"苯扎氯铵中毒致死"，完全不得而知。不管怎样，只要死亡诊断书被受理，遗体被火葬，就不会留下死者的血液，也就无法检测血液中的药物浓度，因此想证明死因是否和被注射苯扎氯铵有关也就难上加难。

人死后，死者家属会收到"死亡诊断书"。死者家属将死亡诊断书提交给政府机关，消除死者户籍。同时，政府机关会发放遗体火化、埋葬许可证。只有医生或者牙医可以发放死亡诊断书（但是牙医不能发放"验尸报告"）。

其实这起案件中，还有一点值得深思。

大部分死亡发生在大口医院的4楼，也就是进行临终关怀的病房。老年人本身心肌梗死、脑溢血等发病率很高，所以连续多人突然死亡虽然有点奇怪，但是也能理解。而且本来就很难想象，有人会在医院这个地方以杀人为目的投毒。

到2017年1月为止，犯人还未被逮捕。假如今后警方通过搜查逮捕了犯人，就算犯人供认曾向之前48人中的某些人投毒，只要无法对死者进行解剖，就很难诊断药物对造成死者死亡的主因有多大影响。

我作为法医学者将持续关注该案件今后的进展。

记录"死因不明"的意义

本书中已曾多次提及，结束解剖后，我们会向警方递交验尸报告。死亡诊断书和验尸报告的不同在于，前者是在医院或者在自己家中接受治疗，医生明确诊断为"病死"的情况下发放的证明；后者是"突然死亡"或者某种"外因致死（包括交通事故）"即怀疑死因可能是疾病以外的原因时发放的文件。

两者都是消除死者户籍以及获得火化、埋葬许可的必要文件。就像之前提及的氰化物连环杀人案和连环点滴中毒致死事件中一样，如果死者被当作"病死"，由相关人士发放了死亡诊断书，遗体马上就会被火化，可能发生死无对证的情况。

对于医职人员来说，这两样都是至关重要的文件，所以我每年在指导医科学生的时候，会特别仔细地讲解文件的写法。

读者中有多少人见过验尸报告（死亡诊断书的格式与之大体一致）呢？比如文件上除了姓名、性别、出生年月，还包括以下项目：

◎ 死亡时间

◎ 死亡地点的类别（医院、诊所、老人保健机构、助产院、老人院、私宅、其他）

◎ 死亡原因（直接死因及其原因、解剖时的主要观察结果）

◎ 死因种类（病死及自然死、交通事故、摔倒或跌落、溺水、烟或火灾及火引起的烧伤、窒息、中毒、其他、自杀、他杀、其他或不明原因的外因、死因不明）

◎ 外因致死的追加事项（发生伤害的时间、场所等）

其中，我认为"绝对不能弄错的"是"死亡原因"和

"死因种类"。就算再怎么认真解剖，也有弄不明白的时候。这种情况下，我觉得与其记录不确切的信息导致错误判断，更应该记录"不明"二字。

根据我们的判断结果，原本判断为事故的死亡案例可能会变成他杀案件。不仅是死者本人及其家属，还会给第三者带来很大的影响。所以，我认为记录"无误的信息"比记录"正确的信息"更重要。

验尸报告代表的意义

另一方面，验尸报告可以根据我们法医学者的酌情考虑，以较为灵活的方式填写。

一名40多岁的女性晚班结束后，在骑自行车回家途中，被无视红绿灯、高速闯入十字路口的汽车冲撞，当场死亡。

并不是所有交通事故死亡的死者都要进行解剖。肇事逃逸事件或者被害人被多辆车辆碾压致死的情况，以及自伤事故中需判断死者是否为脑溢血或者心肌梗死等疾病导致死亡的情况、无法确定死者是否由于交通事故受伤而导致死亡的情况等，警方会委托进行解剖。

在这起交通事故中由于肇事司机直接弃车逃逸，因此以肇事逃逸事件处理，需要对这位女性死者进行解剖。通常肇事逃逸事件会作为"肇事者不详的过失致死案件、违反交通法规的案件"，进行司法解剖。

由于交通事故中的死者遗体会有多处外伤，所以解剖需要很长时间。这位女性死者全身体表多处受伤，肋骨有近20处骨折。另外，其胸腔内的肺部受到严重损伤，并且有近500毫升的积血。

死因是"肋骨多处骨折而导致的失血过多"。

验尸报告上的死因栏有四个空格。首先是"直接死因"，也就是字面意思，直接导致死亡的原因。然后是引起"直接死因"的原因，以及引起前项原因的原因等，一个个按照顺序填写。

这位女性死者的直接死因是"失血过多"，"失血过多"的原因是"肋骨多处骨折"，"肋骨多处骨折"的原因是"胸部撞伤"，"胸部撞伤"的原因是"车辆冲撞"，我是这样填写的。其中"车辆冲撞"这部分被我当时的"师父"改写成"超速车辆冲撞"。

我恍然大悟。

交通事故的原因各种各样。与无法避免的突发事故相对，也有由于肇事司机的失误或怠慢而引起的"近乎他杀的事故"。这位女性死者严格遵守交通规则，绿灯时过的马路。工作了一晚上，一定很累吧。也许一边想着"终于可以好好睡上一觉了"，一边慢慢地骑着车回家。冲撞她的车辆不仅无视交通信号灯，而且闯进十字路口时完全没有减速。肇事司机肇事后也不救助死者，直接弃车逃逸。

这能被叫做双方难以避免的"事故"吗？

就算验尸报告上的"死因种类"是"交通事故"，也要为死者证明清白无罪。"师父"就是考虑到死者家属阴郁的心情，才改成"超速车辆冲撞"的吧。

同样，验尸报告中还包含我们向警方提供的讯息。比如，同样是"一氧化碳中毒"引起的死亡，"死因种类"分为"自杀"和"其他或不明原因的外因"。两者代表的意义就完全不同了。所谓"其他或不明原因的外因"是在外因引起死亡时，无法判断是自杀还是他杀或是意外事故引起死亡时选填的死因种类。虽然通过解剖无法彻底断定是哪种情况，但是经常会留下疑点。

如果我们选填"病死"或"自杀"等死因种类的话，一般警方会断定"无他杀嫌疑"，终止搜查。但是，如果选填"其他或不明原因的外因"或"死因不明"（后者在无法区分到底是病死还是外因致死时选填）等，就意味着"光看解剖结果无法断定是自杀或病死，所以希望警方继续搜查"。

现场警察经常同时负责多起案件，十分忙碌。正因如此，通过验尸报告，希望警方尽可能给予每位受害者多一点关注，这样我们也就心满意足了。

关于验尸报告，有时我们会和家属直接联系交涉。因为领取保险金时需要提交验尸报告，所以有时我会直接接到家属的发放请求。

原则上可以领取验尸报告的只能是来认领遗体的人，或是被其委托的人。

但是，有时会发生意想不到的纠纷。

有一次，死者家属联系我说："请不要将验尸报告交给'某某女性'"。这位女性是和死者有事实婚姻的妻子（未办结婚登记），可能死者有一份受益人为亲属的人身保险。围绕死者的人身保险，周围的亲属经常会发生纠纷。

还有一次，解剖完某男性死者遗体后，他的上司直接到我们法医学教室来领取验尸报告。

解剖后不久，这位自称是死者上司的人来到大学要求说："请把他的验尸报告交给我。"当时，我们以对方不是死者家属为由拒绝了，后来才惊讶地得知这位上司就是杀害死者的凶手，被逮捕了。他将公司作为受益人，为该男性死者购买过人身保险。听了警方的后续搜查信息，内心不由得一阵发凉，并庆幸当时做出了正确判断。

法医解剖医的日常

我们的工作地点就是"解剖室"。恐怕除了法医解剖医，不会有人拥有这么另类的工作地点吧。

解剖室中间放着解剖台，这是解剖时放置遗体的地方。解剖过程不仅会以文字的形式记录在验尸报告上，还要用数码相机拍摄解剖台上的遗体，以图像的形式保存下来。尤其是司法解剖，有时会根据案件情况，提交解剖结果作为审判资料，所以照片记录必不可少。遗体表面残留的伤痕痕迹，以及解剖过程中的重要观察结果，都必须一一拍摄记录。

我最初工作的法医学教室的解剖台是大理石制的。大概是由一整块大理石切割而成的，应该价格不菲。

在解剖过程中拍摄记录照片时，大理石的解剖台作为背景非常合适。这话听起来可能有点奇怪——大理石解剖台上拍出的照片特别清楚。现在的工作单位用的是不锈钢制的解剖台，虽然能轻松调节高度，也便于解剖后清洗，使用起来更得心应手，但是拍摄的照片效果完全不能和大理石解剖台上拍出来的相比。因为不锈钢的话，总会因为闪光灯而反光。

说到大理石解剖台，有一段难忘的记忆。

当时我刚进法医学教室，还是个什么都不懂的新手，"师父"突然对我说："西尾，你站到解剖台上跳两三下！"好像是大理石解剖台使用时间太久了，支持台面的金属制支柱有一部分坏得厉害。据说只要柱子完全折断，就能申请购买新的解剖台。

虽说是"师父"的命令，我也不可能做那种事。不过，之后发生了这样一件事，不久就送来了新的解剖台。

某年正月，在火灾现场发现了4具尸体。除非是能明确知晓火灾发生时死者状况的情况，其他情况下，火灾现场发现的尸体原则上都必须进行司法解剖。因为光看尸体外表很难判断发生火灾时死者是否还活着。

那天一连解剖了4具尸体。解剖时没在意，之后发现屁股附近渐渐痛起来。几天后，早上从床上起身时，腰部突然剧烈疼痛。我在大学整形外科接受了核磁共振检查，为我检查的医生说，疼痛部位的椎间盘突出。

我得了"腰椎间盘突出"。

病因我也清楚。我身高很高，由于这块老旧的大理石解剖台无法调节高度，所以必须长时间以弯腰的姿势进行解剖。而且有时还要举放遗体，日常过度疲劳的腰终于抗议了。不过也可以说是因祸得福，这件事在大学委员会上被提了出来，老旧的大理石解剖台马上被换成了可调节高度的升降式不锈钢制新解剖台。

摘除也不会致死的内脏器官

我们把内脏器官取出放在解剖台上后，会把各个内脏器官切分开仔细观察。法医解剖时原则上要把头盖骨、胸腔、腹腔全部打开，把体内所有内脏器官取出观察。和外科医生相比，我把脑、心脏、肺等内脏器官整个放在手心的次数可能更多。

每天接触这些内脏器官，能确切感受到正是它们各自发挥着自己的作用，人类才能存活。

比如，取掉脑部人必然死亡。取掉心脏，不用人工心脏来代替的话，人也必然会死亡。反过来说，脑和心脏对于人类生命延续来说，起着多么至关重要的作用。

相反，有些内脏器官"就算从体内取出人也不会死亡"。比如叫做脾脏的脏器。脾脏大概拳头大小，位于人体背部左侧附近，主要起清除衰老血细胞的作用。假如通过手术等将其取出，人也不会死亡。另外，食道、胃、大肠，就算因为癌症手术需要切除一部分，通常人也不会死。当然多少伴有一些不适症状，但是只要术中和术后予以适当处理，就不会危及性命。

小肠就没有那么简单。大肠主要起吸收水分的作用，所以就算摘除，顶多只会引起水泻。但是如果小肠被摘除的话，就无法吸收营养成分，会给生命延续带来一定障碍。

　　人的肾脏和肺左右各一个，所以就算摘除其中之一，基本也不会影响生命延续。肾脏的上方分泌各种激素、被称为"肾上腺"的脏器也是一样。与此相对，分泌血液中所需激素、调节代谢的甲状腺，分泌胰岛素降低血糖的胰脏等，虽然不起眼，但是这些内脏器官具有重要功能，如果取出后不能适时补充激素，就很难维持生命的延续。

　　送到我们这里的遗体不少都是在贫困生活状态下死去的。

　　有的死者家里水电被停，一日三餐得不到保证。有的死者从外表就能看出有段时间没洗澡了。有的死者骨瘦如柴，马上就能知道他们过着怎样贫困潦倒的生活。但是，打开他们的胸腔和腹腔时，映入眼帘的内脏器官非常干净，干净得令人想象不出这些内脏器官已经用了几十年。

　　与此相对，生活富足的人，外表皮肤干净得没有一点污垢，但是这些人的内脏往往有很多脂肪。有时肠、肾脏等周围，甚至胃、心脏表面上也会附着一层黄色脂肪。这类死者中，有人正是因为这些厚厚的脂肪容易引起心肌梗死，最终导致死亡。

可怕的结核传染

　　将内脏器官全部取出进行解剖的首要目的是调查一切可能性，另外，有时也是因为死者生前信息完全不得知晓。

　　关于这点传染病也一样。若是事先得不到传染病相关信息，法医解剖和其他解剖现场相比，从尸体身上感染细菌或病毒的危险性更高。

身份不明的死者数量（兵库医科大学2015年的解剖案例中约10%为身份不明遗体）本来就很多。我们经常在不知晓这些人感染了什么样的病原微生物的情况下进行解剖。

其中最可怕的是"结核"。

结核会通过空气传染，所以尤其要注意。虽然解剖对象都已经停止呼吸，但是解剖过程中取出或切开肺部时，结核菌就会飞扬到空气中，吸入人体的话就会感染。

我曾看到过一篇报告，是关于执刀医师和相关警员在法医解剖现场被感染结核病的事故。解剖对象患有结核病，当然解剖医在解剖时并不知晓。最近，法医学教室逐渐引入了CT扫描仪，在解剖前通过CT扫描能在一定程度上诊断出结核感染。但是，CT扫描仪并不能掌握所有的结核感染情况。

在我们大学解剖室最显眼的地方，贴着一张纸，写着"消瘦，当心结核！"。所谓"消瘦"指比标准体重轻20%以上，极其瘦弱的人。遇到这种"消瘦"的尸体首先要怀疑是否感染了结核，尤其要谨慎注意，等打开胸腔和腹腔时才发现就晚了。在我们法医学教室，进入解剖室的所有人员都要佩戴专门防御感染的特制口罩。这种口罩一般用在设有结核专科病房的医院。

说到"结核"，可能很多人会觉得是"以前的疾病"。但是2015年在日本约有1 955人死于结核病。同年发现的新结核感染者为18 280人，这数字绝对不算少（厚生劳动省《结核患者登记信息调查年报汇总结果》）。与前一年相比，有所减少，但是日本的结核患病率（平均每10万人中的发病率）为14.4人，相比之下，大多数发达国家这一数值在10人以下，感染情况不严重。在我国，结核病应该引起更多重视。

不过，就算感染了结核杆菌，也不一定发作。就算发作，现在有针对结核病的有效药物，只要做好健康管理还不至于丧命。

除此以外，还要注意通过血液传播的疾病。法医学解剖不同于其他临床手术，手术一般是针对人体局部的，解剖则需要剖开人体大部分部位，取出大多数的内脏器官，是一种非常原始的行为，所以会接触到的血液相当多。

我们曾接收过一具瘦弱的男性遗体。检查外表时发现肛门大大打开。继续解剖发现食道里长着白色的菌状的东西。先不追究死亡原因，而是考虑这些现象的原因。

"肛门打开应该是同性性交引起的。另外，食道里观察到的白色物质应该是感染了念珠菌所致。"

从这些推测来看，我们怀疑死者感染了艾滋病。正因为考虑到这种可能性，解剖时要加倍小心。

解剖后，请大学内部的微生物学教室进行了艾滋检测，死者确实携带艾滋病毒。虽然作为防御感染的对策，我们解剖时佩戴了医疗专用口罩和手套等，但是也不能完全断定没有被感染的可能性。不过，艾滋病毒几乎不会因为血液沾到皮肤上就感染。就算沾有病毒血液的针戳进皮肤，感染艾滋病毒或肝炎病毒的概率也没那么高。光从感染的概率来考虑的话，解剖现场最大的威胁还是结核病。

"法医学是为了死者可以不顾一切的工作。"我绝不会说出这样的话。每天面对遗体，是我们的工作。我认为，防止自己从尸体身上感染病毒，也是法医学工作的一部分。所以我希望对法医学感兴趣并且正在从事法医学工作的年轻人也能尽可能注意。

我站在解剖台前，看了太多以非正常死亡形式终结的人生。

谁都不知道他们的死是幸还是不幸。对于这些"非正常死亡"的死者来说，我们法医学解剖医是在他们死后为他们送行的人。说得感性一点，也就是他们去往另一个世界前"最后的见证人"。他们有什么遗言，有什么遗憾？我们的工作可能就是站在解剖台前和他们面对面，倾听他们的无声之言。

【第5章参考文献及网址】

● 厚生劳动省《平成二十七年结核患者登记信息调查年报汇总
  结果》
  http://www.mhlw.go.jp/file/06-Seisakujouhou-10900000-
  Kenkoukyoku/0000133822.pdf

第6章　案件的尸体

年轻相扑力士之死

"相扑力士突然死亡　时津风亲方^①报案"

2007年9月，这一标题出现在各大报纸上。

当年6月，隶属大相扑时津风部屋的力士时太山，时年17岁，在训练时心肺停止，突然死亡。紧急送往医院被诊断为"急性心功能不全"。爱知县警方当时判断为"缺血性心脏病"（动脉硬化等导致心脏供血不足，从而引起的各种疾病的总称）引起的"病死"，无他杀嫌疑。

时太山的遗体被送回其老家新潟县，父母看着自己儿子面目全非的样子，难以置信。时太山身上残留多处外伤，旁人看了都会觉得奇怪。

在死者父母的强烈要求下，遗体被送往新潟大学的法医学教室进行许可解剖。结果发现死因并非"病死"，而是由残酷的暴行导致的"挤压综合征"。通过后续搜查，最终以"伤害及伤害致死嫌疑"逮捕了时津风亲方和他的3名弟子。"挤压综合征"是指碰撞扑打使身体受到损伤，肌红蛋白和钾从肌肉细胞漏出并流入血液导致死亡。

这起案件中，由于警方现场验尸不充分，差点错判。要不是死者父母要求解剖遗体，真相可能永远被埋葬。

接下来是我的个人推测。解剖后发现真正死因是"挤压综合征"，也就是说时太山身上应该有相当多的碰撞扑打痕迹，有可能还有骨折。他的父母也是看到浑身是伤、惨不忍睹的尸体，才觉得蹊跷，要求解剖的吧。

传达"死亡真相"的工作

本来光凭体表有大范围的淤青，就足以将其判断为死因。就像第3章提到的，体表面积的20%到30%出现皮下出血的话，从肌肉损伤部位会流出肾毒性的肌红蛋白，从而引起"急性肾功能不全"，最终会导致死亡。

1995年发生阪神大地震时，很多人因为这个原因而丧生。被倒塌的房子压在下面的人肌肉受到严重撞伤及长时间压迫，这部分肌肉因而受到严重创伤。有些人虽然最终被救援队发现并救出，但是肌肉受到强烈挤压碰撞，引发了急性肾功能不全。

时津风部屋案件引人争议之处在于，医院方竟然诊断为"病死"，警方也认可此判断。从结果来看，警方按理应该进行司法解剖。

---

① 亲方：相扑教练，也指某项技艺上的师傅等。——编者

作为同行，我觉得医院方应负重大责任。如果在"初步鉴定"（最开始接触尸体时，从医学角度判断死亡事故）时，判断有异常情况的话，按规定就必须向警察局呈报。至于时太山的遗体应当能观察到一些无法断定是"病死"的异常情况，不应该立刻草草发放死亡诊断书。

我在给学生讲授死亡诊断书写法时，经常把这起案件作为案例来讲。我们作为医师，在解剖外因致死尸体时，只要有任何值得怀疑的状况，都不应该发放死亡诊断书。就算警方先判断为"病死"，我们也有否定其判断结果的权利。

作为警方，正因为他们无法站在医学角度作出判断，才要委托我们这些"专家"进行解剖。我们和警方应该作为两个平等的组织互相协助，我们必须始终站在医学的角度传达"事实真相"。

虽然只是我的个人想法，我觉得死亡诊断书和验尸报告是以负责医师的个人名义发放的文件，法医解剖医应当以正义和责任为基础，传达没有谎言、不愧对任何人的"死亡真相"。这一点没有退让的余地。

我作为法医学解剖医曾经负责过轰动社会的案件。由于法律规定，在这里无法公布具体的案件名以及解剖时获得的信息。但是，为了能让大家以最简单明了的方式理解法医学为何存在，"案件的尸体"是大家最容易理解的话题，本章将针对与案件相关的解剖进行阐述。

为何在大学里进行司法解剖

作为法医学解剖医，我强烈认为警察和法医解剖医的关系不能太亲密，这是我的信念。

在日本，几乎所有司法解剖都在大学的法医学教室进行。

大学本来就是教育和研究机构，与负责犯罪调查的警方当然属于完全不同的组织。我认为把司法解剖安排在大学里而不是调查机关，即所谓的"分工体系"，是有很大意义的。

比如杀人案件中，警方主要调查死者的生前状况和身边情况等。通过盘问死者家属以及死者身边的人，来判断哪些是事实真相，有没有隐瞒和可疑点，这也是警察的工作。

但是，在时太山案件中，亲方说被害人是"训练中突然倒地身亡的"，警方轻信了这一证词，所以没有进行司法解剖。

我并不是"怀疑警方"。没有看穿对方不可信，或者有时被现场状况带偏，最后导致警方判断失误，这样的情况过去也发生过。有时，警方为了坚持当初案件发生时的初判，甚至只向法院提交与判断吻合的搜查结果。警察局也是由人组成的组织。如果所有过程都由警察局完成的话，那就很难避免类似"由现场形势或个人情感所导致的失误"。

在这方面，法医学解剖医立场绝对中立。说到底我们只是"受警方委托进行调查和汇报"，只要查明尸体中残留的"事实真相"就可以了。所以司法解剖不安排在警署，而是安排在大学里进行，这样可以更加保证中立性。

在以法医为主角的电视剧中，有时会看到法医和警方一起搜捕犯人的情节。这在现实生活中是绝对不可能发生的。

从法医学中立性的观点来看，我认为在平时的人际交往中，应与警察保持一定距离。就我自身来讲，本来我和警察也不太合得来。没考上大学失学的那段时间，有一次和朋友两个人共骑一辆自行车，被警察拦下并警告过。除此之外，至今有两次在骑车的时候，被警察拦下盘问。看到警察，我就像条件反射一样下意识地往反方向逃跑，所以才会被怀疑的吧。

同时，我也会有意识地和媒体保持一定距离。碰到会在电视上报道的案件时，各大媒体都会给我打电话。根据地区可以调查到是哪所大学在负责解剖，我本身也没有特地隐瞒。

但是，司法解剖是在得到法院许可的基础上，受警方委托进行的，所以解剖结果当然只能向警方汇报。比如，解剖结果包含很多只有犯人本人才知道的信息（使用凶器的大小以及伤口数量等）。如果这些信息被提前报道的话，嫌疑人在接受审讯时，其口供的真实性会受到影响。

由于会妨碍调查，连死者家属都未被告知的解剖结果的详细信息，我们更不可能透露给媒体。

我一直这样告诫自己："司法解剖是为了维持社会公正，是必须有人去担当的工作。"

死后数年未腐烂的遗体

接触了这么多与案件相关的尸体后，我发现凶手行凶后好像都会想方设法把尸体藏起来。焚烧尸体或者抛尸到海里……为了避人眼目，拼命地藏匿尸体。

那天送来的遗体非常奇怪。死后应该已经过了数年了，但是身体状态完好到就像上周刚去世一样。

尸体全身泛白。这个状态医学用语叫"尸蜡化"。在低温且缺乏空气的环境下，皮下脂肪由于化学反应变成蜡状。就算不在土里，长期下沉于水里，比如水坝或者河底，尸体也可能尸蜡化。

尸蜡化不是腐败，换句话说，不是细菌引起的变化，因此尸体不会腐烂，能保持完好的状态。虽然我很少碰到这样的情况，不过曾经解剖过沉在淀川河底半年之久的遗体，体表几乎完全呈雪白色尸蜡化状态，一眼望去就像是白色蜡制人偶。虽说是"人偶"，但身体轮廓清晰，大小也和生前差不多，就好像一个大型白色人偶，看起来很是诡异。

尸蜡化和干尸化的遗体一样，被称为永久尸体，一旦形成，尸体的形状就能半永久性地保存。和埃及的木乃伊一样，能完好保存几千年之久。尸蜡化从体表开始，随着时间流逝，皮下组织和肌肉等也会变白。因为是在低温环境下发生的变化，所以体表会受周围环境影响。有些尸蜡化尸体柔软松弛，有些非常坚硬。

前面所提到的死者被杀之后，尸体被深深地埋在土里长达数年，因此尸蜡化，几乎没有因细菌侵入而腐败。遗体的腐败会受周围的环境条件影响，其中温度和湿度影响最大。极端干燥、高温或者低温的状态下，腐败速度会变慢。

法医学中关于尸体腐败速度，有个很知名的"Casper定律"：假设地面上的尸体腐败速度为1的话，水中为1/2，土中为1/8，腐败速度相对变慢。

当然，说是土中，如果只是埋在离地面几十厘米的地方，那和在地表的腐败速度差不多。但是当时这具尸体被埋在离地面两三米的深处。

不仅大小要装下一个成年人，而且还要挖那么深，当时凶手一定费了不少力。但是，正因如此，才能为尸体提供如此完美的"保存环境"——几乎没有温度变化的低温，并且很少接触空气。遗体没有腐败，所以杀人"证据"也被保留了下来。出自犯人之手的伤痕大小以及范围都非常明确，这样死因也基本可以确定。犯人当初是想藏匿尸体，但没想到却反倒将其保存了起来。

一般媒体上大肆报道的杀人案中，杀人手法都比较有特点，所以大多死因本来就已经很明确。这种情况下，解剖的目的比起查明死因，更多的是为法院判决提供基础资料。解剖时主要以正确记录死者伤口的长度、深度、方向等信息为主。

火灾现场的死者未必是被"烧死"的

杀害后再焚烧，这样的尸体是解剖的难题。

在火灾现场发现遗体后，就算遗体已经被烧得焦黑，也要进行司法解剖。因为在火灾现场发现的遗体并不能完全断定死因是"烧死"。

比如，由于躺着吸烟而引发火灾，在现场发现了烧焦的遗体。当时，躺着吸烟的主人可能在发生火灾前就已经因心肌梗死而咽气了，又或者可能被别人下了药，因"药物中毒"被杀害了。

那样的话，死因就不是"烧死"，而是"心肌梗死"或者"药物中毒"。

在解剖火灾现场发现的遗体时，我们主要关注死者的气管内部。被烧死的人气管内会因吸入烟尘而变黑。

在大学的课堂上，我给学生展示被烧死的人气管内部照片，但没有多作说明。有学生问："这是吸烟者的气管吗？"只是吸烟的话，气管内是不会变得漆黑的。

火灾发生时如果还活着的话，必然会呼吸，就会吸入烟尘，所以气管内会变得漆黑。但是如果火灾发生时人已经死亡，停止了呼吸，气管内就不会吸入烟尘，也不会变黑，而是保持着干净的状态。

比起一开始死因就很明显的尸体，法医学者对需要查明死因的尸体更加感兴趣。同时，虽然没有他杀嫌疑，但是死因不明的许可解剖也会使我涌现出医学角度的疑问："这个人为何而死呢？"另外，就算不是引起很大轰动的大案，如果遗体体表没有任何伤痕且死因不明，那解剖就会更难，也会更加引发医学学者的兴趣。还有，为了诊断这类死者的死因需要各种各样的检查，花费也会更多。

从事法医学工作虽然是我的本职，但是能持续这份工作20年以上的根本原因在于我本身对"人类的生与死"感兴趣。

被扔进咖喱中的遗体

在上一节中，我提到解剖火灾现场的遗体时，我们会关注"气管内的烟尘"。我们也把这个叫作"生活反应"。

气管内发现烟尘就是死者在火灾发生时"活着"的证明。换句话说，"生活反应"指的是生命停止就不会出现的损伤及现象等。

突然用手术刀切到活人的皮肤当然会出血。但是解剖时，就算用手术刀切开尸体的皮肤，也不会出血。走路的时候腿不小心磕碰到东西就会有淤青，但是死人的话，就算用啤酒瓶敲打他的腿也不会产生淤青。如果没有人活着时该有的反应，也就是说"没有生活反应"的话，有时可以证明人已经死亡。

再比如说，刀刺进胸口导致大量出血而死的情况下，死者的皮肤、结膜和内脏器官等会因失血过多而变白。我们把这种颜色叫作"苍白"。"变得苍白的结膜、内脏器官"也可以称为有生活反应的体现。刺已死之人的心脏是不会出血的，所以内脏器官不会流尽血液，也不会变白。内脏器官变白说明那段时间血液持续从血管中流失，也就是说心脏还在跳动，血液依然循环流动以致持续出血。

反过来说，分尸案件中发现的手脚皮肤就算被手术刀切开也不会出血。被分尸的遗体，通常都在死后才被凶手切开的。被肢解后，皮肤不会出血，所以如果只发现了死者的手腕、腿或躯体等个别部位的话，被切开的皮肤是"没有生活反应"的。

我曾碰到过一起令人震惊的案件。从犯人家中的冰箱里，发现了用尸体炖的"咖喱"。估计是为了遮掩尸体腐烂的臭味，犯人将尸体切碎，扔进咖喱中煮烂。从咖喱中找到了各个部位的骨头碎片。事已至此，不要说什么生活反应了，死因都无法断定。

如果遗体被放置在房间里的话，随着尸体腐败会散发出特有的腐臭。为了消除这种臭味，有人将尸体塞入冰箱延缓腐败进度，也有人把尸体放在防水性的容器中密封起来。为了完成这类"隐瞒行为"，犯人要先将尸体肢解。

不过，肢解尸体其实是要费很大力气的。我曾经解剖过这样一具遗体，躯体的头颈部、肩部、腰部处的关节被分别切断。将头部、上肢、下肢从主躯干上切下的是一个完全没有医学知识的老年人，独自一人花了1小时左右的时间完成了所有肢解。听到这个消息后我吃了一惊。由于各个关节切口都很漂亮，我当时曾一度怀疑犯人是医疗工作者。

补充说明一下，被肢解的遗体大多身份不明。所以我们的主要任务就是寻找有用信息来确定死者年龄、性别、身高等。

比如性别，男女头骨和骨盆特征不一样，一般从大小和形状等大致可以推测死者性别。当然，采集DNA也可以判断性别。身高的话，通过一些公式，可以从四肢骨骼长度大概推算出。根据这个方法，就算死者变成白骨也可以推算出身高。

然后，年龄可以通过头骨上的缝隙即叫作"颅缝"的部位推断。人的头骨是由多块骨头组合而成的，所以头骨骨缝的愈合度可以作为判断年龄的参考。另外，牙齿的磨耗程度和骨盆的状态也是判断年龄的重要依据。

以生活反应为主，我们法医解剖医会用一切方法来查明死者的年龄、性别、身高等相关信息。

希望这样的努力可以为社会公正作出贡献。究竟能对警方的搜查工作起多大的作用，其实我们也无法得知。将解剖结果汇报给警方以后，有时我们也会以证人的身份出庭作证。不过，通常只要向警方提交解剖结果，我们的工作就结束了。

咖啡因中毒死亡

所谓事件，就是自己无法预测的灾难降临。面对各种各样的非正常死亡的遗体，我不禁觉得在这看似平凡的日常里，随时都有可能落入意想不到的陷阱。

最近就有一件我特别在意的案例——"咖啡因中毒死亡"。

也许有些人听到咖啡因中毒死亡会很惊讶。茶、咖啡等嗜好品都含有丰富的咖啡因，可以说不足为奇。很多人一天喝5杯咖啡。事实上，对被解剖者的血液进行药物分析就会发现，大多数人的血液中都含有微量咖啡因。

咖啡因被体内消化系统吸收后，肝脏会对其进行分解，所以一般不会导致中毒。但是，最近便利店等贩卖好几种被称为"能量饮料"的含咖啡因饮料，通过网购也可以轻松地从海外购买含咖啡因的粉末或药片等，所以会发生一次性摄取大量咖啡因的案例。下面这样一起咖啡因中毒死亡事件就是真实发生过的。

"一位九州男性由于饮用了大量含咖啡因的清凉'能量饮料'中毒死亡。福冈大学（福冈市）21日发布解剖结果，血液中咖啡因浓度达到致死量。胃中发现咖啡因药片。负责解剖的福冈大学久保真一教授（法医学）在记者见面会上强调了'短时间内摄取大量咖啡因的危险性'。

"据福冈大学汇报，该男性20岁出头，从早到晚都在加油站工作，为了解困，一年多前开始饮用含咖啡因150毫克的能量饮料。去世前一周和家人诉说了自己身体不适，有时会呕吐的情况。去年某天，上午11点半左右，他就严重呕吐睡下了。下午4点左右，家人发现他已经失去意识，确认死亡。

"通过解剖检测发现男性每毫升血液中含有182微克的咖啡因，达到致死浓度（79至567微克）。胃中还发现咖啡因药片的粉末，最终得出中毒死亡的结论。"（2015年12月21日发布信息，《每日新闻》）

当然，为了解困，适量适时地饮用咖啡是没问题的。但是，一次性大量摄取就可能会达到中毒量。能量类饮料就饮用方法不同，也会出现同样的情况。

我们法医学教室也解剖过咖啡因中毒死亡的病例。死者为50多岁男性，一边工作一边去医院治疗糖尿病和呼吸暂停综合征。据说他从10年前开始服用含咖啡因的国外保健品。那天深夜，这名男性喝了能量饮料，又吃了两种含咖啡因的药片，最终摄入咖啡因超标，超过了中毒量。

说到中毒，还有一个记忆犹新的解剖案例，是蘑菇中毒。死者是50岁左右男性，和别人一起去山里采蘑菇，用采到的蘑菇做火锅吃，然后中毒死亡了。据说正在吃火锅的时候，他就感觉身体不适，自己也说"可能采错蘑菇了"。死者误食了毒蘑菇致死。

近年来，由于服用兴奋剂和毒品等违反法律的药物而中毒死亡的问题越来越严重，但其实日常生活中，身边的东西也可能引起中毒死亡。

被枪杀的遗体

在日本，使用最多的杀人方式是用手或者绳子勒紧颈部，以及用刀具刺杀，与这两种方式相比，枪杀可以说是非常少见了。到目前为止，我负责解剖的枪杀案遗体只有5具。

因中枪所受的伤，被称为枪伤。枪伤导致的死亡情况，一般是指子弹射中了脏器或血管，这些都可能成为死因。

运动物体的能量（K），也就是和其他物体冲撞时产生的能量，其计算公式是"$K = 1/2 \times$ 质量（M）$\times$ 速度（V）^{2}"。子弹虽然很小，但是速度相当快，所以能产生巨大动能。子弹在通过体内时，不仅能破坏脏器，产生的热量还会损伤周围组织。

一般被枪击的遗体体表会有子弹的进入处（射入口）和飞出体外处（射出口）两处痕迹。大家可能认为这两个痕迹是贯穿在一条直线上的。

其实，子弹射入体内后，不一定是笔直前进的，有可能会碰到硬骨改变方向。另外，有时体表上只有射入口，看不到射出口，这种情况也就意味着子弹还残留在体内。

射入口的形状几乎和子弹形状一样，是个小小的圆洞。但是，射出口大多形状变形，就像从体内向体外破裂一样。头部枪伤的话，子弹从内侧飞向外侧时，在射出口下方大多会出现破裂式骨折。

另外，子弹被发射的同时会带有火药粉末和热量，所以根据枪口和射入口的距离远近，有时会出现烧伤的痕迹。

我接到过一具被枪杀的遗体，死者好像和黑社会组织有关。解剖结束后，我像往常一样走出解剖室，看到门口默默站着几个戴着黑色领带貌似黑社会组织成员的人。我清楚记得当时莫名感到强大的威慑力，所以不由得装作忘记东西，回到解剖室，然后从后门绕到旁边的大楼。至于死者身上的枪伤情况，我倒是完全忘记了……

案件的尸体与不平等

与案件相关的尸体也会存在不平等的"等级差距"问题。

我们法医学教室负责兵库县中隶属阪神地区的6市1町，按警察管辖数量来说的话，我们对应9所警署的解剖委托。我负责的区域内，既有全国有名的富人区，又有保留了昔日风情的平民区。

2015年，我们的全年解剖数共320具。其中芦屋警署委托数仅有11具，而尼崎警署委托数高达138具。据国情结果显示，芦屋市人口为95 440人，尼崎市人口为452 571人。也就是说每1 000人中，芦屋市解剖人数为0.12人，尼崎市解剖人数为0.30人。与芦屋市相比，尼崎市的解剖率高近3倍。

有关统计显示，失业率以及经济水平不佳（收入低）等对犯罪发生率有很大影响（由大阪大学社会经济研究所的大竹文雄教授调查统计）。该统计中，以"劳动力调查""人口动态统计""犯罪白皮书"为基础推算出"失业率、犯罪率、自杀率的变化"，从中可得知，失业率与犯罪率的联系更紧密，而非自杀率。

此外，美国研究表明，失业率与他杀发生率有很大关联。我们负责的地区中，失业率最高的是尼崎市，约7.5%，与其相对的芦屋市失业率约为5.6%（2005年度国情调查）。比较每10万人口的他杀发生率（2003年至2012年，兵库医科大学法医学教室调查），尼崎市高出芦屋市3倍多。

以上都是我们机构内部的统计数据，不过可以看出，个人经济状况差异多少会影响到他杀发生率。

案件的尸体背后，体现了现代社会不平等的"等级差距"。

对外孙女的将来感到绝望，老人带其一同自杀

明显可断定为"他杀"的遗体基本都会被送往全国各

个法医学教室进行司法解剖。前面就已经提到过，只要有明显的他杀嫌疑，就算死因明确也必须进行司法解剖。

重新调查了我们法医学教室过去负责的解剖案例（2003年至2012年），发现他杀案例为81例，只占全部解剖案例（1 548例）的5.2%。

在日本，他杀手段大多为"勒颈"（压迫颈部）、"刺杀"（利器损伤）、"钝器殴打"（钝器损伤）。

另外，我们法医学教室解剖的案例中，加害者是被害者三等亲内亲属的案例超过半数以上，占全部案例的55.6%（81例中45例）。按不同的杀害手段分类，调查被害者与加害者的关系，采取颈部压迫手段的案例中，亲属关系比例高达83.9%；利器损伤案例中，亲属关系比例为27.3%；钝器损伤案例中，加害者为亲属和非亲属的比例各占一半。

杀害身边的人，首选方法就是压迫颈部……这种心情也不是不能理解。爱有多深，恨就有多深，杀意就有多大。但内心深处还是不想用其他东西弄伤对方的肉体吧，这可能是亲人最后的良心。

曾经有这样一起让我难以忘却的亲属谋杀案件。

案件就发生几年前，一名老年男性以勒颈的方式杀害了马上升小学的外孙女，随后上吊自行了断。加害者的女儿趁连休带着孩子回老家，却发生了这起案件。

原来，被害的女孩患有不治之症，对外孙女的将来感到绝望，这位外祖父就亲自动手了断了她的生命。据说他留下了一份遗书，写着"我带她走"。

我们大学解剖室里有间前室，用来做解剖前的准备工作。通常死者亲属是不能进入的，但当时女孩母亲一再恳求，无论如何要在遗体被解剖前再看一眼自己的女儿。警方也为之动容，特例许可了她的请求。

　　我现在都记得这位母亲悲痛欲绝的哭泣声。同时失去了自己的父亲和女儿，并且杀害女儿的犯人是自己父亲，如此惨痛的心情难以想象。

悲伤的红色

　　平时，我们法医解剖医只是默默地认真完成解剖工作。但是，碰到小孩或年轻人的遗体时，心还是会有所动摇。

　　那时就会想快点结束解剖。只要是他杀案件，就必须解剖尸体。但是，解剖并不能让死者复活。在这样的心理斗争中，我想至少可以快点结束解剖，将遗体早点还给死者家属。

　　以前发生过一起被害者是小学生的连环刺杀案件。案件发生当日，我正在吃午饭时，看到NHK的新闻节目在报道此案。被害儿童毫无疑问需进行司法解剖。想到孩子们的家人悲痛的心情，我也难免感到心痛。同时不禁感叹，负责解剖这些被刺杀儿童的法医解剖医，得承受多大的精神负担啊。

　　解剖时，最基本的就是要将体内的器官全部取出，进行观察。

　　就算死因明确，解剖过程还是一样的。这是法医学上必需的。

即使如此，不得不把这些无辜的孩子的内脏器官从体内取出……还是很难以平常心去面对。

我过去也曾经在解剖台前犹豫过，握着手术刀不忍心动手。被害者是小学低年级的可爱少女。她被陌生男子用刀刺杀而死，然后被送到我这里。

刚见到解剖台上躺着的遗体时，看着她穿着鲜红的衣服，不禁感慨："这衣服真漂亮啊。"但是走向前去仔细观察后发现，这不是衣服的颜色，而是鲜红的血染红了她白色的贴身衬衣。

当时犯人已经被逮捕并招认了罪行。我本想默默地解剖。但是正当要打开她的头盖骨时，我不禁自问："还有必要继续伤害这个孩子的身体吗？"

可是，我们的工作就是追究一切可能性，查明死因。取出心脏、切开腹部、打开头盖骨，都是为了这个目的。

我能做的只有吊唁。

【第6章参考文献及网址】

- 西本匡司、西尾元等著《兵医大医会杂志》第39卷 P.77–81（2014年）/《研究阪神大地震期间他杀案件解剖》
- 大阪大学社会经济研究所教授　大竹文雄《劳动者福利》No.71 P.6–10（2003年）
  http://www.iser.osaka-u.ac.jp/ohtake/paper/situgyoitami.pdf
- 每日新闻《咖啡因中毒死　血中浓度、致死量……是否短时间内大量摄取》（2015年12月21日发布信息）
- 西口美纪、西尾元等著《数种国外咖啡因保健品过量摄取而导致死亡的解剖案例》（第63回日本法医学学会学术近畿地方学会演讲要旨集 P.29 2016年）
- 久保真一等著《过量饮用能量饮料而导致咖啡因中毒的解剖案例》Jpn J Alcohol & Drug Dependence 2015 50：227

第7章　幸福的尸体

癌症引起的自然死亡

希望最终能安然死去，是作为人类理所当然的本能愿望。应该不会有人期望本书中提及的非自然死亡吧。

不过，日常接触各种各样的死者后，我觉得大家对"幸福的死亡"的定义有着不一样的见解。

就算是一个人默默死去的独居者，可能本人对这种人生的终结方式并没有不满。相反，在医院中被别人看护着走向生命的终点，这个人就一定幸福吗？我觉得这是个复杂的问题。

我曾经在日本中国地区的某医院内科研修过。有一位被诊断为"胃癌"的老年女性患者，十分抵触后续的癌症治疗。

这位80岁左右的女性在乡下的偏僻角落一个人过着悠然自得的生活。没有家人，去镇上的医院单程需要1个小时左右。

主治医生多次劝说："做切除手术吧。现在动手术的话还有治愈的可能。"但是她最终还是没有同意。作为医生，只要眼前的患者还有治愈的可能，就不可能放手不管。所以医生只好让她至少一年来一次医院进行复查，以便继续关注她的病情。

由于完全没有治疗，癌症当然是继续恶化了。但是比起接受手术，她宁愿和以前一样过着悠闲的生活。

法医学现场经常会遇到"被置之不理的癌症"——不及时积极治疗癌症而自然死去的案例，但是，这类情况在临床现场应该很少见。在我研修期间，这位女性最终还是由于身体原因住了院。没过多久我的研修就结束了，所以也不知道她最终病情如何。但是，这件事情的发生为我这个刚踏上医学道路的年轻人提供了宝贵的经验，让我不由得思考人类自然死亡的理想状态。

对"幸福的死亡"的考察

前面已经提到过，在法医学现场，经常会碰到与酒精相关的死亡案例。

我曾经解剖过一位死者，他喝了酒，跌进路边的排水沟淹死了。大概是酒醉后摇摇晃晃地走在回家的路上时发生了意外。他是在水深只有10厘米的排水沟里溺水身亡的。

"这么浅的水怎么会淹死呢？"

不少人可能有这样的疑惑。但是人处于烂醉状态时，就可能醉倒在路边，或是在大马路上睡过去。如果那里正好有水洼的话，也许就会溺死。

类似的还有醉酒后在道路施工现场死亡的案例。也许是被什么东西绊倒了，也许是被提示禁止通行的杆子之间的绳子勒住了脖子，死者因窒息而亡。这只能怪地点和时机不好，但是突然死亡往往就是被这些偶然因素所左右的。

除此以外，饮酒引起的事故死亡也很多，比如从车站站台坠落身亡。这样的事故容易发生在周五晚上。周末前一天，和同事朋友结束愉快的酒席后，回家的途中突然从站台上坠落，头部被撞击，或者被电车碾压，在此类事故中意外丧命的人出乎意料的多。

此外，醉酒的人中还有大冬天在树丛里睡觉冻死的，后仰倒下撞击到头部而死的，在路边睡下被车碾压而死的。

从警察那里得知，还有人头骨骨折后，留下了走了一段路的痕迹。也就是说，这人在头骨骨折的状态下走路。通常因为剧痛，人是无法走动的，可能是酒精作用，他已经感觉不到疼痛了。

我每次在解剖台前面对这样的遗体，都会为他们惋惜："也许不喝酒的话，就不会死了。"但是从另一方面考虑——这样说也许有些轻率——我有时觉得"这可能也算是幸福的死亡吧"。

大多数人喝了自己喜欢的酒以后都会心情很好，然后就这样还没明白过来发生了什么就死去了。这对于死者家属来说肯定是不幸的，但对死者本人来说会是什么样的感受呢？如果站在他们的角度考虑的话，我觉得这应该不算是什么不好的死法吧。

当然，如果你问我："你也想这么了结生命吗？"我肯定不会主动选择这样的死法。但是人必有一死。不管是长时间与病魔作斗争最终死亡，还是心肌梗死导致突然死亡，都是死。在法医学现场，还会碰到被谋杀的无辜的孩子和被迫一同自杀的亲子，等等。

我作为一名医生，以及作为一个人，不由得对死亡的幸福与不幸进行深思。

法医解剖是人生最后的"居民服务"

考虑"幸福的死亡"时，在哪里迎接终老也是个重要的话题。

在自己长居的城市，在亲人的包围下安然死去，当然是最好的。但是，随着当今社会核心家庭化，只有少数人能以这样的状态迎接终老吧。老年人一般最终会聚居在公共交通设施以及护理服务完备的大城市或大城市近郊。至于如何度过晚年，各地区之间的"居民服务"存在不平等的"等级差距"，是无可厚非的事实。

我认为法医解剖也应该属于"居民服务"之一。

第4章中我也有所提及，依据警察厅发表的法医解剖率，各个都道府县存在巨大差异。2015年解剖率最高的是神奈川县，达39.2%，然后依次是兵库县（33.4%）、冲绳县（30.8%）、东京都（18.2%）、大阪府（15.0%）。与此相对，解剖率低的都道府县分别是群马县（3.8%）、静冈县（3.3%）、大分县（3.1%）、岐阜县（2.7%），最低的广岛县只有1.5%。神奈川县发现的非正常死亡尸体中大约40%都会被解剖，而广岛县98%以上都未被解剖。

同样是非正常死亡，因死者的居住地或尸体发现地点不同，处理方式也大相径庭。

我现在主要负责兵库县部分地区的法医解剖，和旁边大阪府负责的解剖类型有很大差异。大阪府的法医学教室主要负责犯罪调查相关的司法解剖，而我们教室中，司法解剖只占四分之一左右。剩下的都是无他杀嫌疑的许可解剖，以及以调查死者身份为目的的调查法解剖。

大阪府和兵库县这两个相邻的地区，因犯罪而死亡的人数不应该相差如此之大。警察现场验尸后，一开始就怀疑可能涉及犯罪并判断需司法解剖，还是没有明显疑点就判断为需许可解剖，各地区警察的做法大有不同。

我以前在大阪的大学工作，负责的几乎都是司法解剖。到现在的兵库县医科大学赴任以后，惊奇地发现在这里负责的许可解剖尤其多。

虽然笼统来说是解剖，但其中还包含以预防感染对策和药物检测为主的各种检测，解剖每具遗体都会花费相应的费用。就算解剖方法和检查所需要的费用一样，司法解剖和许可解剖的费用相差也很大。

在兵库县，许可解剖比司法解剖要便宜得多。可能因为许可解剖的病例不涉及犯罪，所以花费不多也没关系。但是也有反例。比如我之前提到的，体表没有任何伤痕的许可解剖，为了要查明死因，需要做很多检查，所以费用比刺伤胸口等解剖前死因已经明确的司法解剖要多。如果预算有限，就无法彻底检查，这就是现实。

"解剖不平等"的现实

到兵库医科大学赴任后没多久，我就曾向辖区警方提议："许可解剖这么多的话，很难保证每具遗体都充分检查，会影响解剖质量。所以如果有疑点，请尽量断定为司法解剖。"谁知道之后警方几乎不再将原本需要许可解剖的案例委托给我们了。结果我们所负责的解剖案例也几乎只有司法解剖了。

恐怕，警察会根据前一年的情况来申请当年法医解剖的预算吧。司法解剖的费用是向国家申请的，许可解剖的费用则由各都道府县支付。所以可以理解，警方想一下子提高司法解剖的数量也不容易。

我也没想到，这个提议会影响到和我负责同一区域的"警医"，让他十分为难。

各个都道府县之间虽然会有些不同，但大体来说，所谓警医，就是必须有医师资格，接受所属警署委托进行一些警察业务（采集嫌疑人血样或为拘留犯人进行健康诊断等）的医生。非正常死亡尸体的验尸工作一般也是他们的工作。

我不负责的许可解剖，都需要警医通过观察死者体表、分析现场信息（有没有既往病史或者周围情况等）来填写验尸报告。出现了诊断失误，警医就会被问责。

"之前的法医老师都负责许可解剖，为什么这次的老师就不行呢？"

没过多久我就听到了这样的抱怨声。我并没有拒绝许可解剖的意思，但结果却变成是我无视了当地的实际状况。

通过这次事件，我亲身体会到，人"在哪里死亡"会影响到遗体是否会被解剖，以及被归属于哪种解剖类型。

而且同样是司法解剖，各个大学法医解剖医的解剖内容也不一样。司法解剖时需要调查哪些细节，完全由受托人，也就是负责解剖的法医解剖医个人决定。法医解剖医的见识和常识等会大大影响解剖内容。另外，各法医学教室的在职教职员人数有限，所以因教室不同，能负责的检查内容也有所差异。

法医学相关工作者中有很多人为了不让解剖质量受地区和法医解剖医个人的影响而努力。但是，在日本，各个地区的"解剖服务"还是存在"等级差距"的。

死后也为"生"做贡献

我进入法医学教室已有20年，致力于解剖的同时，也会以解剖时的发现和数据为基础坚持做研究，在学会上发表，或以学术论文的形式发表。

我从香川医科大学（现香川大学医学部）博士毕业以后，赴美国留学了一段时间。在美国当研究人员的生活很辛苦，如果博士毕业以后四五年内没有自己的教室的话，前景一片渺茫。研究室邮箱突然收到"红色通知单"，告知"明年开始你被解雇了"，简直是家常便饭。我认识很多有家室却突然丢了工作的研究者。我在留学期间认识到，能真正留下的才是"大学学者"。

世上有很多马上需要处理的工作。比如患者来看病，临床医生就必须马上诊断。然而，我们的研究将来某天也许会派上用处，但是并非迫在眉睫。即使如此，我们还领着薪水，于是加倍感到自己必须取得相应的成果。

我目前研究的最大的课题是"突然死亡"。

突然死亡顾名思义，指一直以来精神不错的人突然毫无预兆地因病去世。我们法医学教室多次接收过突然死亡的遗体。

体育课上突然倒地身亡的初中男生。

前一天没有任何征兆，却在被窝中死去的女大学生。

这两个案例最终没能通过解剖查明死因。

不过，我在研究会引起运动时严重心律不齐致死的"先天性心律不齐疾病"的遗传基因时，发现死去的初中男生遗传基因异常。他的死因可以认为是严重的心律不齐。通过解剖没能查明的死因，在后续研究中得到了诊断。

而且，这样的研究不仅是查明了死因，达到了解剖原本的目的。死者遗传基因的异常，有一定概率出现在其血亲身上。也就是说，死者亲属中也可能会出现突然死亡的情况。如果遗传基因异常的亲属能接受适当的治疗，就可以防患于未然。

结核病也一样。第5章中提到，结核病是我们解剖时尤其需要当心的传染病之一。

结核病发作而死的人一般从经济状况来看，大多营养不良，身体免疫力低下。有的人即使生前身体状况差，不停地咳嗽、咳痰，也没经济能力去医院看病。

这样的人在家中去世的话，若解剖时能明确诊断死因为结核病，就可以防止死者家属以及接触者感染疾病。按规定，一旦解剖发现死者有结核病，需要向保健所提交申请。然后相关部门就会对死者家属及接触者进行检查，确认其是否已经感染，防止感染继续扩散。

将从死者身上获得的信息活用于临床，与此同时，接受解剖的人也在死后为社会做出了贡献。通过这种形式，法医学主动与"生者的医学"相关联，我觉得是很有意义的。

法医学对"生"的意义

某年12月下旬，父母和两个孩子共一家四口在车中烧炭自杀，遗体被送到我们教室。

一家四口体表都呈鲜红色，初步推测是吸入了不完全燃烧而产生的大量一氧化碳。当时一天之内完成了4具遗体的解剖。一般遗体数量较多的情况下，会分成两天进行解剖。但是如果那样做的话，未解剖的遗体就必须安置在警署，可能就会导致亲子分离。而且考虑到葬礼操办，我还是决定将4具遗体在同一天内解剖完，然后返还给遗属。

虽然遗体数增加了，但是解剖方法本身没有变化。

因为死因已经推断为"一氧化碳中毒"，所以解剖并没有什么难度。解剖时，测量血液中的碳氧血红蛋白的浓度，发现数值非常高。我记得4个人都检测出浓度在80%以上。

死因和预测的一样，就是一氧化碳中毒，但是依然需要进行解剖。

　　如果是在孩子们服药沉睡的状态下点燃煤炭的话，那么死因就有可能不是一氧化碳中毒，而是药物中毒。由于是在同一辆车中烧炭死亡，可以认为4人的死亡时间几乎相同。但是以防万一，解剖时还是必须观察并确认尸体现象（体温下降、死后僵硬、尸斑）是否一致。

　　虽然初步判断为强迫自杀案件，但是光凭4具遗体在同一辆车中被发现这一点，无法得知4人是否同时死亡。其他的案件线索有可能被隐藏了。既然法医学的职责在于查明"死亡真相"，那就必须按照规定步骤进行调查，不然就毫无意义了。

　　后来在母亲的手机里发现了类似遗书的记录。其中提到，由于次子常年受特应性皮炎折磨，一直以来都非常苦恼，最终母亲无法忍受这样的痛苦，决定一家四口一同自杀。

　　自杀前，一家人开车去了便利店，然后这位母亲买了煤炭，防盗摄像头还拍到孩子们天真无邪的笑脸，他们对接下来发生的一切毫不知情。我想，这时父母心中又是什么滋味呢？

　　在解剖这一家四口时，我不由得感到自己的无力，除了解剖我什么也做不了。同时也迫切希望皮肤科和免疫学的医生们能推进研究，早日拯救苦于特应性皮炎的患者。

　　有很多只有在法医学现场才能遇到的"现实"。

　　同样走的是行医之路，虽然法医解剖医不能直接治病救人，但是我觉得有必要拉近与临床医生的距离，与之共享法医学现场所发生的事实案例。

从"死"看世间

也许不太为人所知，法医学有时也会和"生者"打交道。对儿童进行"虐待诊断"就是代表之一。

受到虐待的儿童会在儿童救助保护中心里被儿童福利督导员保护。送到医院以后，我们会确认他们身体上的伤痕以及骨折情况。什么时候受的伤、是否出血等，我们替这些还不会说话的小孩或沉默寡言的青春期儿童发声，诉说他们身心承受的痛苦。

其实我负责诊断的受虐儿童人数不多。尽管如此，我碰到过皮肤各处有烟头烫伤痕迹的孩子，还有背部被刀多处砍伤的孩子。他们都有一个共同点，就是身材瘦小，大概是长期处于饥饿状态所致。

我再次感到，不管是面对死者还是生者，我们的工作就是和"生命"面对面。

现代社会，对于和自身没有直接关系的生命，我们习惯于保持距离。过去的日本，邻居之间关系密切，邻居的去世和自己切身相关，整个地区都为亡者吊唁也不足为奇。那时的人们和他人的"生"与"死"更为贴近。

近来，大多数日本人在医院迎来终老。在这里可以接受先进的医疗措施治疗，但另一方面，也隔断了与世间的联系。因此，我们能切身感受到他人生老病死的机会非常有限。

也许这样说不太合适，但是人在面临死亡时，某种意义上是"污秽"的。卧床不起就无法洗澡，会有痰，也会大小便失禁。"走向死亡"就是这么一回事。

对于如此"不愿面对的现实"，现代人会不自觉地保持过度的距离。某种洁癖引发了一种现象：对社会无用之人，或接触后会有损自身利益的人，会被大家排斥。现今所产生的不正是这样的状况吗？于是，弱势群体在社会中更加孤立，越发感到无助。

因为工作的缘故，我得以从"死"看世间。对我来说，"生"不是理所应当的。倒不如说，每日所面对的解剖台上的众人才是我的日常。

除了自杀，人们无法选择自己的死法。谁都不想被风吹来的伞尖戳中头部而死。但谁也无法凭一己之力避免死亡。

再怎么认真本分生活的人，都有可能患癌，也有可能被陌生男子刺死。从"无法选择"这个角度来讲，死亡也许确实是对众人平等的。

我的生死观很简单。至少，我不想去寺庙祈求无病无灾，也不想写遗书，我想在对死亡还没有强烈意识之前终结生命。换句话说，直到生命的最后一刻，我都只想尽情活着。并不是对"生"有多少执念，我只是觉得努力活在当下更重要。

有"死"才有"生"

近年，日本呼吸器官学会在肺炎治疗中，开始尝试征求病人本人或家属的意见。一旦到了卧床不起的地步，唾液就会残留在气管中，导致肺炎反复发作，病人本人也非常痛苦。如果通过治疗难以恢复的话，医生会按照当事人的意愿，决定是否佩戴呼吸机维持生命。

医生容易把"患者的死"等同于"自己的失败"，所以总是想尝试各种可能的治疗方法。但是最近开始出现争论：这样做征求患者本人的意愿了吗？真的有必要做到这种程度吗？

我以前在电视节目中看到过基督教医院的医生对待临终患者的态度。那家医院遵循基督教义，守护患者，为其祷告，和患者安然共度最后时光。我不是基督教徒，但是我觉得面对无法抗争的"死"，本来就应该这样，不是吗？

不过，一个人的"死"不仅仅是本人的事情，也和家人有关。

我一般很少直接和死者家属接触。尤其司法解剖会涉及调查相关的信息，所以很难和家属见面。但是，许可解剖后仍然不知死因时，我们法医解剖医有时会直接向家属说明情况。

警方告知家属"为了查明死因请允许进行遗体解剖"，以此获得了他们的许可，但是解剖后，验尸报告上却只能填上"死因不明"，家属当然难以接受。就算死因难以断定，通过解剖也能确定一些信息。比如，头部没有出血、不是异物堵住喉咙而导致的窒息死亡等，有时就算是告知这些能排除的可能性，也会成为家属的救赎。

特别是婴儿或小孩死亡时，有的父母会感到自责，害怕是因为自己不够小心。其实很多情况是父母守护在身边也无法避免的。有很多父母会询问，是不是当时做一些紧急处理就好了？是不是及时赶到医院就能得救？死的时候痛苦吗？……这时候告诉他们："不是你们的错。你们的孩子是突然死亡的，所以死时应该并不痛苦。""气管内没有牛奶。不是喂奶方式而导致的窒息死。"这样多少能减轻他们心中的重荷吧。

我解剖过一具8个月大小的婴儿的遗体。说实话，解剖后并没有查清楚死因。

解剖完成后，我直接和死者母亲说明了情况。由于未能查明死因，她只是一边哭一边重复着"为什么"。有时便是这样无奈，通过解剖也无法知道真相。我理解她的心情，所以对她说："如果之后有什么疑问的话请联系我。"并把我的联系方式给了她。

从那以后大约过去了3年，但她只要在报纸新闻上看到类似的婴儿死亡案例，就会给我写信询问："我的孩子是不是也是同样的死因？"孩子死因不明，永远是她心中无法逾越的坎。

有"死"才有"生"。

从今往后在解剖台前面对遗体时，我依然会继续思考生与死的意义。

【第7章参考文献及网址】

- 警察厅搜查一课　公安委员会说明资料No.4《关于平成二十七年尸体处置情况》（2016年2月25日付）
  http://www.npsc.go.jp/report28/02-25.pdf
- 朝日新闻数据《遗体解剖率微增　都道府县警方之间大差异》（2016年2月27日发布信息）

结语　不平等的死亡

最近经常听到"等级差距"这个词。

之前看过NHK的一档讨论节目，讨论的话题是"健康的等级差距"（2016年9月19日NHK特别节目《我们的将来　健康的等级差距》）。节目中指出，我们日常的健康意识和接受的医疗等，与现在的职业及收入直接相关，这其中产生了等级差距。据称，和正式员工相比，非正式员工糖尿病并发症的发病率高1.5倍。

本书中，也把这种不平等的"等级差距"作为关键词，介绍了"贫穷""孤独""衰老"等社会弱势群体目前所处的状况和真实的解剖案例，同时也谈了我自身的想法。

其实当初听说要出版这样一本书时，说实话，我对"等级差距"这个词产生了困惑。从事法医学20年以来，我没从解剖的尸体身上感到不平等或等级差距。

但是，收到这项出书提议后，我重新回想了一遍过去解剖的案例，发现确实，我解剖过的死者总体来说属于弱势群体。

我们法医学教室负责解剖的遗体中独居者约占50%，接

受生活保护的人约占20％，自杀者约占10％。另外30％左右
患有精神疾病，其中痴呆症患者占整体解剖数的5％以上。

此外，身份不明的遗体占全体10％左右……

光从这些数据就可以看出，显然，"非正常死亡"这种
死亡方式本身就属于社会的阴暗面。日常工作中，我把关
注点全部放在"查明死因"这个使命上，可能并没有注意
到这些死者在社会中的处境。非正常死亡的确和不平等的
"等级差距"密切相关。

我原本最初的志愿不是法医学医生。自学生时代开始，
我就对研究感兴趣，从四国的香川医科大学毕业以后，我
直接进入研究生院，研究基础医学。大学的基础医学教室
和一般的医院不同，不是给病人看病的，而是研究病因的。
我在研究生院取得博士学位后，作为研究员赴美留学。当
时的我一心想成为研究型学者，在学术道路上勇往直前。

但是，回国后，我的命运发生了巨大变化。

毕业以后，我的大学恩师介绍我认识了一位解剖学教
授。他在我老家的医科大学就职。一见面，他就直接对我
说："法医学教室有空缺职位哦。"然后当场打了内线电话，
喊来了法医学教室的S教授，也就是我后来的"师傅"。

"他正在找工作呢。"

他冷不丁对S教授说。我现在都还记得S教授听到此
话后茫然失措的表情。这样的反应也是意料之中的。毕竟，
这不是突然被询问就能马上给答复的事。

我当时也很困惑。虽然我知道大学里有"法医学"课

程，但是我从来没想过自己会踏上这条路。

自那以后已经过了20年……

现在我很庆幸当时选择了法医学这条路。

兵库医科大学所处的西宫市内，有多所大学。几年前开始，我尝试给这些大学的学生上法医学课。学生主要是文科生，几乎不具备医学相关的基础知识。但是我用真实案例开始课程讲解后，犯困的学生也抬起了头，大家都很认真地听我讲课。对于我来说再平凡不过的事例，他们却觉得很新鲜。

"社会上可能有很多人对法医学以及谁都有可能面临的死亡漠不关心。所以我想，我可以把解剖台前考虑的一些问题传达给大家。"

正当我有这个想法的时候，就接到了出版本书的邀约。

本书自始至终都在考虑从"死"到"生"的问题。窥视了"死"的一面的读者，你们有什么感想呢？如果读者以本书为契机，开始考虑，为了让社会变得更好，自己能做些什么，我将感到无比喜悦。

我在解剖现场看过这么多不幸身亡的死者。谁都无法选择自己的死法。正因为如此，比起"死"，我们更应该关注"生"，努力活在当下。最后，正值出版之际，特此鸣谢本书编辑千吉良美树女士和双叶社的手塚祐一先生，尽其所能，协助没有执笔经验的我完成本书的写作。

2017年2月吉日

兵库医科大学法医学教室　主任教授　西尾元

SHITAI KAKUSA-KAIBOUDAI NO UE NO「KOENAKIKOE」YORI
Original Japanese edition published in Japan in 2017 by Futabasha Publishers Ltd., Tokyo.
Simplified Chinese translation version published by Shanghai Translation Publishing House.
Under licence from Futabasha Publishers Ltd.

图字：09-2018-1170号

图书在版编目（CIP）数据

　　不平等的尸体 /（日）西尾元著；马佳瑶译. —上
海：上海译文出版社，2020.10（2023.2 重印）
　　（译文纪实）
　　ISBN 978-7-5327-8492-9

　　Ⅰ. ①不… Ⅱ. ①西… ②马… Ⅲ. ①纪实文学—日
本—现代 Ⅳ. ①I313.55

　　中国版本图书馆CIP数据核字（2020）第150532号

不平等的尸体

[日] 西尾元 / 著　马佳瑶 / 译
责任编辑 / 常剑心　装帧设计 / 邵旻工作室

上海译文出版社有限公司出版、发行
网址：www.yiwen.com.cn
201101　上海市闵行区号景路159弄B座
启东市人民印刷有限公司印刷

开本890×1240　1/32　印张5.25　插页2　字数70,000
2020年10月第1版　2023年2月第5次印刷
印数：22,001-25,000册

ISBN 978-7-5327-8492-9/I·5223
定价：35.00元